我的唐诗阅读笔记

祁智 著

江蘇鳳凰教育出版社

图书在版编目（CIP）数据

我的唐诗阅读笔记 / 祁智著. -- 南京 : 江苏凤凰教育出版社, 2024. 11. -- ISBN 978-7-5743-1208-1

Ⅰ. I207.227.42

中国国家版本馆CIP数据核字第2024GA4776号

书　　名	我的唐诗阅读笔记
作　　者	祁　智
责任编辑	刘国颖　侯章龙
装帧设计	夏晓烨
责任印制	石贤权
出版发行	江苏凤凰教育出版社（南京市湖南路 1 号 A 楼　邮编：210009）
苏教网址	http : // www.1088. com. cn
照　　排	江苏凤凰制版有限公司
印　　刷	南京新世纪联盟印务有限公司
厂　　址	南京市江宁经济技术开发区诚信大道 88 号
开　　本	787 毫米 ×1 092 毫米　1/16
印　　张	16
版　　次	2024 年 11 月第 1 版
印　　次	2024 年 11 月第 1 次印刷
书　　号	ISBN 978-7-5743-1208-1
定　　价	38.00 元
网店网址	http : // jsfhjycbs. tmall. com
公 众 号	苏教服务（微信号：jsfhjyfw）
邮购电话	025-85406265，025-85400774
盗版举报	025-83658579

目 录

唐诗

鹅鹅鹅，
曲项向天歌。
白毛浮绿水，
红掌拨清波。

我学到的第一首诗歌，是骆宾王的《咏鹅》。妈妈说，我在上幼儿园之前就能够背诵。

这首诗是奶奶教我的。我最初会背诵的几首诗歌，比如“白日依山尽，黄河入海流”（王之涣《登鹳雀楼》），比如“谁言寸草心，报得三春晖”（孟郊《游子吟》），等等，都是奶奶教的。奶奶没有上过学，不识字，但是会背这些诗歌。

我隐隐约约记得，晚上奶奶拍着床帮，说一句，让我跟一句。

“床前明月光，念。”奶奶说。

“床前明月光，念。”我说。

"疑是地上霜，念。"奶奶说。

"疑是地上霜，念。"我说。

……

这些诗歌，是童年梦幻般的歌谣。

上幼儿园需要面试，幼儿园阿姨问我会什么。我背诵了李白的《静夜思》："床前明月光，疑是地上霜。举头望明月，低头思故乡。"

"小朋友，"幼儿园阿姨问，"你知道'糖诗'吗？"

"——是糖做的诗。"我喜欢吃糖。

"这个'唐'，不是那个'糖'——以后你会知道的。"幼儿园阿姨笑着说。

后来我才知道，是"唐诗"。

说到诗歌，我首先想到的一个词是"唐诗"。我相信，这也是大家共同的感觉。

中华文化有着几千年的跨度，每个阶段都有灿烂的篇章。我们把朝代与文学体裁相结合，组成一个个专有名词，用来划分中国文化发展的脉络，标志中华文明史上的一座座巅峰。

于是有了楚辞、汉赋、唐诗、宋词……

唐诗——"诗"之前是"唐"。

唐是唐代，或者唐朝。

中国是一个诗歌的国度，最能代表中国文化的是诗歌，而诗歌成就最高的是唐诗。

鲁迅先生在给好友杨霁云的回信中，这样称赞唐诗：“我以为一切好诗，到唐已被做完，此后倘非能翻出如来掌心之‘齐天大圣’，大可不必动手。”

清康熙年间编校的《全唐诗》，收录唐、五代 2 873 位诗人创作的 49 403 首诗、1 555 条残句。

当然，《全唐诗》收录并不全。我们现在能够知道的唐代诗人超过了 3 700 人，能够读到的唐诗超过了 54 000 首。

唐朝（618—907）存世 289 年。289 年里，诞生了 3 700 多位伟大的诗人，诞生了 54 000 多首伟大的诗歌！

高耸入云的唐代！

好雨知时节，当春乃发生。（杜甫《春夜喜雨》）

何当共剪西窗烛，却话巴山夜雨时。（李商隐《夜雨寄北》）

春江潮水连海平，海上明月共潮生。（张若虚《春江花月夜》）

孤舟蓑笠翁，独钓寒江雪。（柳宗元《江雪》）

……

每一个华夏子孙，无论年幼还是年长，无论在城市还是在乡野，无论在家乡还是在旅途，无论在国内还是在海外，只要说起唐诗，谁不能背诵几首、几十首，甚至更多？

我在非洲纳米比亚首都温得和克，在重阳节，和当地华侨高举酒杯，朝着祖国的方向长歌：“……遥知兄弟登高处，遍插茱萸少一人。”（王维《九月九日忆山东兄弟》）

我在近邻日本京都府岚山，看到身穿和服的友人，对着秋霜枫叶以及枝丫间的朗月，低吟张继的《枫桥夜泊》：“月落乌啼霜满天，江枫渔火对愁眠。姑苏城外寒山寺，夜半钟声到客船。”

唐诗，已融入每一个华夏子孙的血液之中，成为记忆和品格，成为筋骨和精神，既是中华民族的生命之歌，也是世界文明的生命之树。

诗唐

闻一多先生在《说唐诗》中说：“一般人爱说唐诗，我却要讲诗唐。诗唐者，诗的唐朝也。”

诗唐，诗歌的唐朝。

《诗经》里的诗，大都是四言。

《楚辞》突破《诗经》四字一句的格式，采取三言至八言参差不齐的句式。这是中国古代诗歌的一次大解放，开启了我国诗歌史上第二个春天。

汉代诗歌经历了从民间歌谣到文人创作、从四言体到五言体、从叙事诗到抒情诗的发展过程，形成中国诗歌史上继《诗经》《楚辞》之后的第三个重要发展阶段。

五言、七言诗经过魏晋南北朝的几百年发展，来到辽阔、雄壮、繁盛、包容的唐朝。

唐朝具备了诗歌突破、提升的一切条件，进入诗歌的繁荣阶段。

看看唐朝的诗人吧——

初唐（618—712）。王珪、魏徵、虞世南、王绩、寒山、上官仪、卢照邻、骆宾王、杜审言、王勃、杨炯、刘希夷、宋之问、沈佺期、上官婉儿、陈子昂、张若虚……

盛唐（713—755）。贺知章、张九龄、王之涣、孟浩然、李颀、王昌龄、王维、李白、王湾、崔颢、崔国辅、王翰、高适、刘长卿、杜甫、岑参……

中唐（756—824）。韩翃、司空曙、戴叔伦、韦应物、卢纶、李益、孟郊、常建、张籍、王建、薛涛、韩愈、白居易、李绅、柳宗元、元稹、贾岛、李贺……

晚唐（825—907）。张祜、杜牧、李商隐、温庭筠、罗隐、皮日休、陆龟蒙、韦庄、黄巢、聂夷中、司空图、韩偓、杜荀鹤……

看看唐朝的诗句吧——

王勃："海内存知己，天涯若比邻。"（《送杜少府之任蜀州》）

陈子昂："前不见古人，后不见来者。念天地之悠悠，独怆然而涕下。"（《登幽州台歌》）

张九龄："海上生明月，天涯共此时。"（《望月怀远》）

王维："空山新雨后，天气晚来秋。明月松间照，

清泉石上流。”（《山居秋暝》）

孟浩然：“野旷天低树，江清月近人。”（《宿建德江》）

王昌龄：“秦时明月汉时关，万里长征人未还。”（《出塞》）

岑参：“忽如一夜春风来，千树万树梨花开。”（《白雪歌送武判官归京》）

高适：“莫愁前路无知己，天下谁人不识君。”（《别董大》）

李白：“君不见，黄河之水天上来，奔流到海不复回。”（《将进酒》）

杜甫：“无边落木萧萧下，不尽长江滚滚来。”（《登高》）

白居易：“野火烧不尽，春风吹又生。”（《赋得古原草送别》）

韦应物：“春潮带雨晚来急，野渡无人舟自横。”（《滁州西涧》）

韩愈：“天街小雨润如酥，草色遥看近却无。”（《早春呈水部张十八员外》）

刘禹锡：“旧时王谢堂前燕，飞入寻常百姓家。”（《乌衣巷》）

孟郊：“春风得意马蹄疾，一日看尽长安花。”（《登科后》）

贾岛：“鸟宿池边树，僧敲月下门。”（《无题》）

温庭筠：“鸡声茅店月，人迹板桥霜。”（《商山早行》）

韦庄：“无情最是台城柳，依旧烟笼十里堤。”（《台城》）

……

任何一个时代，任何一个朝代，哪怕只有一位这样的诗人，哪怕只有一首这样的诗篇，那么，这个时代、这个朝代，都会被人津津乐道、永载史册。

在唐朝，这样的诗人和诗篇，璀璨如同满天星。

难怪闻一多先生说“诗唐”。

唐诗永在，诗唐不朽。

唐诗的来路

我喜欢读唐诗。上小学的时候，我对语文老师说，我要写唐诗。语文老师说，你写不了啊。

“你又不是生活在唐朝。”语文老师说。

我明白了，汉赋是汉朝人写的，宋词是宋朝人写的，唐诗是唐朝人写的。我可以写诗，但写出来的不是唐诗。

唐诗不是唐朝人凭空写出来的。唐诗和唐朝一样，有来路。

唐朝从隋朝来。隋朝之前是南北朝、晋、三国、汉、秦、周、商、夏……

为什么说唐朝，要追溯到夏、商朝，甚至更加遥远的三皇五帝时期？

中国是世界上最古老的国家之一。

如果从裴李岗、老官台等遗址算起，中国有近八千年的历史。

如果从黄帝时代算起，中国有五千多年的历史。

如果从约公元前 2070 年禹建立夏朝、定都阳城（今河南登封）算起，中国有四千多年的历史。

如果从周朝共和元年（公元前 841 年，中国历史有确切纪年之时）算起，中国有近三千年的历史。

中国的历史可以分阶段，但是从来没有被割裂、断裂过。

历史与文化相辅相成。

中华文化就像一条奔腾而来的大河，源头在远古。

中国目前发现的最古老的一首诗，是《弹歌》。

断竹，
续竹。
飞土，
逐宍。

《弹歌》描写的是远古部落的生活。先民们把竹子做成简单的捕猎工具，再把土块、石块砸出去，然后追逐猎物。大型动物太庞大，小型动物太灵巧，都难以捕捉，搞不好还会受伤、丧命。因此，先民整天为吃奔波。

“断竹，续竹。飞土，逐宍。”如果多读几遍，一定能从慌乱的节奏中，体会到先民的艰难和仓皇。

当然，可以肯定的是，《弹歌》不是中国最古老的诗歌。只不过因为年代久远，更早的诗歌没有得到保存，或者还遗留、散落在什么地方。也许有一天，又会有一首重见天日。

简单地说，《弹歌》比《诗经》里的诗歌要早得多，是《诗经》的源头；《诗经》是中国第一部诗歌总集，又是中国文学的源头。

源头活水，汩汩不息，汇聚成浩浩荡荡的大河。

大河奔流到周朝。在黄河中下游、汉水流域、长江北岸广袤的地区，像农作物一样生长着《周南·关雎》《秦风·蒹葭》《豳风·七月》。

大河奔流到楚国。“行吟泽畔，颜色憔悴，形容枯槁”（《楚辞·渔父》）的三闾大夫屈原（约公元前340—前278），“长太息以掩涕兮，哀民生之多艰”“路曼曼其修远兮，吾将上下而求索。”（《离骚》）

大河奔流到汉朝。贾谊（公元前200—前168）作《吊屈原赋》，司马相如（约公元前179—前118）作《子虚赋》，张衡（78—139）作《二京赋》。

大河奔流到三国。曹操（155—220）“东临碣石，以观沧海”（《观沧海》），“老骥伏枥，志在千里”

（《龟虽寿》），“白骨露于野，千里无鸡鸣”（《蒿里行》）。

大河奔流到晋朝。谢灵运（385—433）《登池上楼》、陶渊明（365—427）《归园田居》。

大河奔流到南北朝。“敕勒川，阴山下，天似穹庐，笼盖四野。”（《敕勒歌》）“万里赴戎机，关山度若飞。朔气传金柝，寒光照铁衣。”（《木兰辞》）

大河奔腾到唐朝。王勃、骆宾王、陈子昂、张若虚、王维、孟浩然、王昌龄、高适、岑参、李白、杜甫、白居易、李商隐、韩愈、柳宗元、李贺……他们共同努力，捧出一个与日月同辉的诗歌盛世。

“文章合为时而著，歌诗合为事而作。”（白居易《与元九书》）意思是，文章应该为时事而著作，诗歌应该为现实而创作。

一个时代有一个时代的文学。每一个时代的文学联系在一起，就是一条奔涌的大河。

梦回唐朝

我们常说“梦回唐朝”。

因为唐朝空前强大，令人向往。

唐朝的强大不是单指某一方面，而是文化、政治、经济、外交等全方位强大。

唐朝的疆域面积最大的时候，达到 1 200 万平方公里；唐朝的人口最多的时候，达到 8 000 万左右。

唐朝建都长安（今陕西西安）。盛唐时期，长安太极宫、大明宫、兴庆宫三大宫殿群和 108 坊、25 条大街，再加上东西两市，是当时世界上最大的都城，也是世界上第一个人口过百万的城市。

644 年，唐太宗李世民（599—649）作《帝京篇十首》，描写帝都长安盛景，抒发政治抱负。第一首这样说：

秦川雄帝宅，函谷壮皇居。
绮殿千寻起，离宫百雉余。
连甍遥接汉，飞观迥凌虚。
云日隐层阙，风烟出绮疏。

帝京雄踞八百里秦川，函谷关是它的门户。美丽的宫殿高耸入云，面积辽阔。屋脊连绵起伏遥接河汉，高高的楼阁仿佛飞翔在天空中。太阳在层层屋檐中隐现，风烟从漂亮的窗户中飘出。

骆宾王写长安："山河千里国，城阙九重门。不睹皇居壮，安知天子尊。"（《上吏部侍郎帝京篇》）

卢照邻写长安："长安大道连狭斜，青牛白马七香车。"（《长安古意》）

杜牧写长安："长安回望绣成堆，山顶千门次第开。"（《过华清宫》）

李白写长安："长安一片月，万户捣衣声。"（《子夜吴歌·秋歌》）

白居易写长安："青门柳枝软无力，东风吹作黄金色。"（《长安春》）

长安是唐朝的都城，是唐朝的象征，也是中国人梦中的理想之地。

我以唐朝开元盛世时期 8 000 万人口为例，来说明唐朝那时的强大。

如果兵荒马乱、战火纷飞，男子就得上前线，女子就得逃难，就不可能有男耕女织、人丁兴旺。

如果灾害频仍，就不可能有春耕、夏耘，就不可能有秋收、冬藏。

如果医疗水平低下，就不可能有婴儿的高出生率、百姓的健康、老人的延年益寿。

如果农业水平低下，就不可能有先进的生产工具、优良的种子、科学的种植。

要养活 8 000 万人口，要让 8 000 万人生活幸福，这个国家那时必然国泰民安、风调雨顺、五谷丰登，医疗和农业科技必须有很高的水平。

这些都具备了，才是盛世。

唐朝有多强大?

秦朝、汉朝、隋朝，都是统一、强大的王朝，但是要修筑长城，以抵御外族的侵略。

唐朝不筑长城。唐朝是秦、汉、隋朝以来，第一个不筑长城的统一王朝。不是筑不起，而是用不上。唐朝的军队勇猛无敌。唐朝的步兵使一把制作工艺复杂、专门对付敌军骑兵的“陌刀”，所向披靡。

强大的唐朝，鼎盛时期四海不犯，天下来朝。“九天阊阖开宫殿，万国衣冠拜冕旒。”（王维《和贾舍人早朝大明宫之作》）层层叠叠的宫殿，如九重天门迤逦打开；异邦万国的使臣，一齐向着皇帝朝拜。

这就是唐朝，也叫“大唐”。

唐诗就诞生在这样一个伟大的朝代。

“梦回唐朝”，回到唐朝的这个梦想永远不可能实现，当然也不需要实现。

我们说“梦回唐朝”，是在向一个远逝的强大帝国凭吊和致敬，更是对再造辉煌、傲立世界的努力和期盼。唐朝一去不复返。但是，不可否认，那个朝代曾经的荣光，如日月恩泽我们的身体与精神，成为一个古老而年轻的民族前行的资本和动力。

以诗取士

为什么唐朝的人特别喜欢写诗，而且诗写得特别好？

南宋诗人严羽（约1192—约1245）说：“或问，唐诗何以胜我朝？唐以诗取士，故多专门之学，我朝之诗所以不及也。”（《沧浪诗话》）他总结，为什么唐朝人写诗比我们宋朝强呢？因为唐朝考进士要写诗，所以大家专门学习写诗，宋朝的诗当然写不过唐朝。

严羽的话是有道理的。

唐朝科举要考诗赋。放在今天，相当于中考、高考要考写诗，谁敢不学作诗？考官也要学作诗，不然怎么出卷、阅卷？大家明里暗里较劲。

水涨船高，全社会作诗、欣赏诗的水平，都在一个高位上。

为了鼓励大家学写诗，朝廷会定期举行诗歌现场比赛。

705年正月三十，唐中宗李显（656—710）先写一首驾幸长安昆明池的诗，再出题《奉和晦日幸昆明池应制》，然后与上官婉儿（664—710）等，坐在彩楼上当评委。

“晦日”是每月最后一天，“奉和”即作诗词与别人唱和，“应制”专指奉皇帝之命而作的诗。

百官做同题作文，写完交上去。评委们看不上眼的，就扔下楼。

沈佺期（约656—约715）和宋之问（约656—约713）进入最后一轮。

沈佺期是这样写的：

法驾乘春转，神池象汉回。
双星移旧石，孤月隐残灰。
战鹢逢时去，恩鱼望幸来。
山花缇绮绕，堤柳幔城开。
思逸横汾唱，欢留宴镐杯。
微臣雕朽质，羞睹豫章材。

宋之问是这样写的：

春豫灵池会，沧波帐殿开。
舟凌石鲸度，槎拂斗牛回。
节晦蓂全落，春迟柳暗催。

象溟看浴景，烧劫辨沉灰。
镐饮周文乐，汾歌汉武才。
不愁明月尽，自有夜珠来。

沈佺期和宋之问都是著名诗人，他们的诗作被称为“沈宋体”，两人写“应制”诗都很出名。最后，才女、诗人上官婉儿宣布：宋之问胜出。理由是，沈佺期和宋之问两首诗水平差不多，但相比最后一句，宋之问的结尾“不愁明月尽，自有夜珠来”，比沈佺期的“微臣雕朽质，羞睹豫章材”有气势。

宋之问，就是写《渡汉江》的那位诗人：

岭外音书断，经冬复历春。
近乡情更怯，不敢问来人。

科举考试，起源于隋朝。虽然“唐循隋制”，唐朝初期沿用的是隋朝的制度，科举考试制度执行得并不严格。考生除了考试，还有两个“直通渠道”。

一是看考生名气大不大。如果考前写过有名的诗，大家都知道，就很容易被录取。

二是看考生有没有名声显赫的人推荐。如果宰相、公主甚至皇上向主考官推荐，录取的机会就很大。因此，考生要向有地位的人“行卷”。

“行”是“推行，传布”，行卷就是投稿。考生把诗写在长卷上，再卷起来，中间用带子系着，投送朝中显贵以求赏识。

考生行卷的那位有地位的人，很可能就是日后的主考官。除个别时期外，唐朝的考试不匿名，主考官看到试卷上名字，联想到行卷，印象分就起作用了。

行卷，是唐朝流行的社会风尚。

据唐朝张固的《幽闲鼓吹》记载，白居易向前辈诗人顾况的行卷，是著名的《赋得古原草送别》：“离离原上草，一岁一枯荣。野火烧不尽，春风吹又生。远芳侵古道，晴翠接荒城。又送王孙去，萋萋满别情。”

两个“直通渠道”，都要求希望取得功名的人，必须多写诗，多写好诗。这也从一个侧面推动了唐诗的发展和繁荣。

干谒诗

唐朝诗人常做的一件事：干谒，也就是说，为了达到一定的目的，去求见、请求地位高的人。

请人帮忙，需要带礼物。唐朝的诗人们带什么给达官贵人？当然是诗，也称“干谒诗”。

干谒与行卷同等重要，只是阶段和目的不同。

行卷是扬名，最好能让天下人知道，为了顺利通过考试。

干谒是自荐，有针对性地要去打动某一个对自己有用之人，为了尽快走上仕途。即使是通过考试的人，也需要干谒，希望能尽快找到合适的工作。

行卷和干谒，出发点都是能顺利实现个人抱负，成为国家栋梁。对此，朝廷积极赞成和鼓励。《旧唐书·马周传》记载，负责统领侍卫的中郎将常何，向唐太宗举荐马周——马周后来成为宰相，唐太宗“赐帛三百匹”，给常何作为奖励。

不仅如此，皇帝也接受行卷和干谒。

734 年和 735 年，唐玄宗分别接受李白献的《明堂赋》《大猎赋》，并且被《大猎赋》打动，又相信玉真公主和贺知章举荐，招李白进翰林院。

751 年，唐玄宗一口气接受了杜甫的“三大礼赋”：《朝献太清宫赋》《朝享太庙赋》《有事于南郊赋》，认为杜甫是人才，只是被宰相李林甫压住了。

李白是商人的儿子，又与李唐诸王同宗，按唐朝法律不能参加科举考试。他从十五岁起就开始干谒，一生中写过很多干谒诗。他是浪漫主义诗人，送礼的诗也写得气魄宏大，比如《赠刘都使》等。720 年，他去拜见时任渝州刺史的李邕，因不满李邕矜慢态度而作了一首《上李邕》，其中有家喻户晓的名句：

大鹏一日同风起，扶摇直上九万里。

杜甫在 755 年十一月，写了一首《自京赴奉先县咏怀五百字》。名句“朱门酒肉臭，路有冻死骨”，就出自这首诗。他在诗中说“以兹误生理，独耻事干谒”，意思是，因为羞于干谒，耽误了自己的前程。

其实，杜甫在玄宗开元、天宝年间两次去京城，除了应试，主要活动就是干谒权贵。

748 年冬天，杜甫写诗送给著名诗人、大臣、宰相的儿子韦济。诗中说："老骥思千里，饥鹰待一呼。"（《赠韦左丞丈济》）意思是，我虽然是一匹老马，但还存有千里之志；我是一只饥饿的鹰，只等您的一声召唤。现实主义诗人杜甫，把干谒诗写成了"求职信"。

干谒，推动了干谒诗的发展，对唐诗的繁荣也是一个巨大的贡献。

干谒诗，要写得得体，无论是称颂对方，还是介绍自己，或者是表达求助的意愿，都要有分寸、不失身份。这难不倒唐朝诗人，他们都是绝顶高手，写出了一首首千古名篇。

李贺干谒韩愈，礼物是《雁门太守行》。韩愈看了，大为赏识，对"黑云压城城欲摧，甲光向日金鳞开"这一句赞不绝口。从此，李贺名扬天下。

733 年，孟浩然写了一首《望洞庭湖赠张丞相》：

八月湖水平，涵虚混太清。
气蒸云梦泽，波撼岳阳城。
欲济无舟楫，端居耻圣明。
坐观垂钓者，徒有羡鱼情。

这首诗很有名，"气蒸云梦泽，波撼岳阳城"，写出了洞庭湖的波澜壮阔、气象万千。

这是一首著名的干谒诗，孟浩然送给宰相张九龄（673或678—740）（一说送给张说），意思是，我想渡江，但是找不到船与桨，在圣明时代闲居实在难为情。眼睁睁看着别人钓鱼，我也想钓，但是没有渔具。

张九龄是著名政治家，是开元盛世的宰相，也是著名文学家。他曾经干谒过张说，也得到了张说的赏识，一眼看出孟浩然曲折的心思：想为国效力，但是没有机会。

有意思的是，张九龄从张说那里得到了机会，但是没有给孟浩然机会。

张九龄不仅是诗人，还是政治家。他看出来了，孟浩然的机会不在朝廷，而在山水田园间。

旗亭赌唱

《集异记》是一本著名的唐人传奇集。里面有一篇，记载了王昌龄、高适、王之涣在旗亭的一段传奇故事。

开元中，诗人王昌龄、高适、王之涣齐名。时风尘未偶，而游处略同。一日天寒微雪，三诗人共诣旗亭。贳酒小饮，忽有梨园伶官十数人，登楼会宴……俄有妙妓四辈，寻续而至……旋则奏乐，皆当时之名部也。昌龄等私相约曰："我辈各擅诗名，每不自定其甲乙，今者可密观诸伶所讴，若诗入歌词之多者，则为优矣。"

…………

这是著名的"旗亭赌唱"的故事，也被称为"旗亭画壁""旗亭会唱"。

旗亭是酒馆、酒肆。古代，酒店门外常高挑着一面旗——"千里莺啼绿映红，水村山郭酒旗风。"（杜牧《江南春》）

唐玄宗开元年间（713—741），王昌龄、高适和王之涣已经是著名诗人，只是都还没有担任要职。一天，天气寒冷，下了点小雪，他们在一家小酒馆相聚，一边喝酒，一边看几个梨园女子唱歌。

王昌龄说，我们兄弟三人在当今诗坛都有些名气，难分高下。我们今天不妨赌一赌，看姑娘唱谁的诗最多，谁就是老大。高适和王之涣觉得这个主意很公平，表示赞同。

音乐声起。

一个姑娘唱："寒雨连江夜入吴，平明送客楚山孤。洛阳亲友如相问，一片冰心在玉壶。"

这是王昌龄的《芙蓉楼送辛渐》，"昌龄则引手画壁"。王昌龄用手在墙上画了一道："一绝句。"

第二个姑娘唱："开箧泪沾臆，见君前日书。夜台何寂寞，犹是子云居。"

这是高适的《哭单父梁九少府》，"适则引手画壁"。高适用手在墙上画了一道："一绝句。"

第三个姑娘唱："奉帚平明金殿开，暂将团扇共徘徊。玉颜不及寒鸦色，犹带昭阳日影来。"

这是王昌龄的《长信怨》，“昌龄则又引手画壁”。王昌龄又用手在墙上画了一道：“两绝句。”

王之涣很淡定，说：“这几个姑娘唱的是‘下里巴人’，我的是‘阳春白雪’。”他指着最漂亮的一个姑娘说：“待此子所唱，如非我诗，吾即终身不敢与子争衡矣。”王之涣是说，等一下她唱的如果不是我的诗，我这辈子不和你们争高下。

这时候，那个最漂亮的姑娘站起来唱道：

黄河远上白云间，一片孤城万仞山。
羌笛何须怨杨柳，春风不度玉门关。

这是王之涣的《凉州词》。
王之涣和王昌龄、高适互相看看，三人哈哈大笑。

《集异记》记载的故事都有传奇色彩，但是因为作者薛用弱（生卒年不详）是唐朝人，距离故事发生的时间并不久远，故事基本上是真实的。

这个传说，也记载在元代文学家辛文房的《唐才子传》中。

寻常酒馆，都有高水平的诗歌吟唱。这说明，唐朝平民百姓对诗歌的热爱程度，不亚于上层社会、文人骚客。优秀作品经过吟唱，口口相传，使得诗人与诗歌名闻天下，这又促使、激励诗人们去创作更加精彩的作品。

不仅如此，唐朝诗人个个都会吟诵。刘禹锡就是吟诵的高手。他们自己唱自己的作品，能更准确地传达出作品的精神；他们唱别人的作品，能从一个诗人的角度，更好地理解作品。

这也是唐诗兴盛的一个重要原因。

唐诗“第一首”

我们今天能够读到的唐诗，超过了54 000首。“第一首”唐诗，应该是哪一首？

先看《唐诗三百首》。

《唐诗三百首》，是清代学者孙洙（1711—1778）以“蘅塘退士”署名，于1764年编成。他觉得，当时通行的《千家诗》问题比较多，想用《唐诗三百首》取而代之。他在序言中说：“熟读唐诗三百首，不会作诗也会吟。”

《唐诗三百首》选诗范围相当广泛，通俗易懂，深受大家欢迎，几乎每家都有一本。

《唐诗三百首》第一首诗是张九龄的《感遇十二首·其一》：

兰叶春葳蕤，桂华秋皎洁。
欣欣此生意，自尔为佳节。

谁知林栖者，闻风坐相悦。

草木有本心，何求美人折！

张九龄的诗为什么会排在第一位？为什么不是李白、杜甫，或者白居易？

这首诗写得不错，这是必须具备的条件。除此之外，要看“诗外”。

唐朝宰相有 369 人，其中宰相诗人 161 人，张九龄是宰相诗人中最著名的一个。他的诗积极、清新、向上，与唐朝初期沿袭的六朝绮靡诗风格格不入。他的人品、诗品和官品都无可挑剔，放在第一位，摆得住。

再看《全唐诗》。

《全唐诗》是唐代诗歌总集。1705 年 3 月，康熙皇帝曹寅主持编修，1706 年 10 月完工。《全唐诗》收录唐、五代 2 837 位诗人，创作的 49 403 首诗、1 555 条句子。

《全唐诗》第一首是唐太宗李世民的《帝京篇十首》：

秦川雄帝宅，函谷壮皇居。

绮殿千寻起，离宫百雉馀。

连甍遥接汉，飞观迥凌虚。

云日隐层阙，风烟出绮疏。

岩廊罢机务，崇文聊驻辇。
玉匣启龙图，金绳披凤篆。
韦编断仍续，缥帙舒还卷。
对此乃淹留，欹案观坟典。

移步出词林，停舆欣武宴。
雕弓写明月，骏马疑流电。
…………

李世民的诗排第一。

大唐盛世，一大半是李世民奠定的，而没有大唐盛世，就不会有唐诗。因此，把李世民一首写得不错的诗排在首篇，立得住。

说到第一首唐诗，大家都会想起张若虚的《春江花月夜》：春江潮水连海平，海上明月共潮生。滟滟随波千万里，何处春江无月明……

也许，张若虚在一个春天的夜晚，站在扬州南郊曲江边赏月观潮，看明月好像与潮水一起涌出来。那时，春风浩荡，明月皎洁，波涛涌动，他心中激荡，遂有感而发。他用乐府旧题，以月为主体，以江为场景，描绘了一幅旷远、迷离的春江月夜图，意境无边，韵味无穷。

《春江花月夜》影响很大，也被后代推崇。但是，这首诗在唐朝并没有引起注意。它进入大家的视野，是在五六百年之后。

大家喜欢用“孤篇压全唐”来形容《春江花月夜》的崇高地位。其实，历史上并没有“孤篇压全唐”的说法。

闻一多（1899—1946）在《宫体诗的自赎》中，评价这首诗是“诗中的诗，顶峰上的顶峰”；清末经学家、文学家王闿运（1833—1916），在《论唐诗诸家源流——答陈完夫问》中说：“《春江花月》用《西洲》格调，孤篇横绝，竟为大家。”有人把闻一多和王闿运的评价相结合，创造出了“孤篇压全唐”的说法。

我从时间的角度，把虞世南的《蝉》列为“第一首”唐诗。

唐诗“第一人”

唐朝诗人很多，但是从来没有排过座次。

不需要排座次。写诗不容易。从有灵感到构思，从布局到立意，从谋篇到推敲，最后成诗，心血凝成。

唐朝诗人卢延让（生卒年不详）在《苦吟》中说“吟安一个字，捻断数茎须”，可以成为贾岛《题诗后》中“两句三年得，一吟双泪流”的原因。敲定一个字，也需要捻断好几根胡须。两句诗构思三年，一读就禁不住两行热泪。

同样是写送别，“此地一为别，孤蓬万里征”（李白《送友人》），与“莫愁前路无知己，天下谁人不识君”（高适《别董大》）；

同样是写月亮，“春江潮水连海平，海上明月共潮生”（张若虚《春江花月夜》），与“野旷天低树，江清月近人”（孟浩然《宿建德江》）；

同样是写垂钓，“孤舟蓑笠翁，独钓寒江雪”（柳宗元《江雪》），与“青箬笠，绿蓑衣，斜风细雨不须归”（张志和《渔歌子》）；

同样是写戍边，“黄沙百战穿金甲，不破楼兰终不还”（王昌龄《从军行七首·其四》），与“醉卧沙场君莫笑，古来征战几人回？”（王翰《凉州词二首·其一》）；

同样是写榆荚，“杨花榆荚无才思，惟解漫天作雪飞”（韩愈《晚春二首·其一》），与“荠花榆荚深村里，亦道春风为我来”（白居易《春风》）；

同样是写田园，“落日桑柘阴，遥村烟火起”（祖咏《夕次圃田店》），与“渡头馀落日，墟里上孤烟”（王维《辋川闲居赠裴秀才迪》）；

同样是写春风，“不知细叶谁裁出，二月春风似剪刀”（贺知章《咏柳》），与“人面不知何处去，桃花依旧笑春风”（崔护《题都城南庄》）；

同样是写秋天，“万里悲秋常作客，百年多病独登台”（杜甫《登高》），与“自古逢秋悲寂寥，我言秋日胜春朝”（刘禹锡《秋词二首·其一》）。

……

前者后者，谁高谁低？各领风骚。

唐朝不是在709年举行过诗歌比赛吗？

是的。宋之问在那一次诗歌大赛中名列第一。但是，那一年李白和王维才9岁，杜甫3年之后、白居易63年之后、杜牧94年之后、李商隐104年之后才出生。

人们喜欢把李白和杜甫放在一起比较，没有必要。在他们生前，李白名满天下，杜甫名声相对不显，所以不好比；李白和杜甫是好友，但是李白年长11岁，杜甫是李白的铁杆“粉丝”，所以不能比；李白是伟大的浪漫主义“诗仙”，杜甫是伟大的现实主义“诗圣”，双峰并峙，所以不用比。

比如，李白在759年写《朝发白帝城》，杜甫在763年写《闻官军收河南河北》。两首诗写作时间相近，时代背景相同，心情都很愉悦。“朝辞白帝彩云间，千里江陵一日还”，浪漫主义的诗风使得李白的轻舟一掠而过；“即从巴峡穿巫峡，便下襄阳向洛阳”，现实主义诗风使得杜甫的孤舟一程不少。两首诗分不出高下。

《唐诗三百首》出现的第一位诗人是张九龄，《全唐诗》出现的第一位诗人是李世民。如果按照诗歌成就与影响排，能在“300首”里列第一的张九龄的诗，理所当然应该在“49 403首”中排第一。事实并非如此。可见，《唐诗三百首》与《全唐诗》的排列，是后人编辑的时候，考虑多种原因的结果。

我从时间的角度，把虞世南列为唐诗“第一人”。

虞世南与《蝉》

垂緌饮清露，
流响出疏桐。
居高声自远，
非是藉秋风。

这是虞世南的《蝉》。

虞世南（558—638），会稽郡（今浙江慈溪）人。

隋朝开始于581年，唐朝开始于618年。

虞世南先在陈朝生活31年，才进入隋朝。他在隋朝生活30年，进入唐朝已经是61岁的老人。他在唐朝又生活了20年，81岁去世。

561年，虞世南因为天资聪颖，得到陈文帝（520—566）的照顾，后来与哥哥虞世基（？—618）同朝为官。

589年，陈朝灭亡。虞世南和虞世基来到长安，被后来的隋炀帝（569—618）看中。兄弟二人在隋朝为官。

618年，虞世基被隋朝叛将宇文化及抓获。虞世南愿意用自己的命换哥哥的命，但宇文化及不准，杀了虞世基，却把虞世南留在身边。

619年，农民起义军领袖窦建德，击败宇文化及的部队，抓获宇文化及和虞世南。他杀了宇文化及，却任命虞世南为黄门侍郎，协助他处理朝廷事务。

621年，李世民抓获窦建德，窦建德被唐高祖李渊处死，虞世南却被李世民视为知己。

638年，虞世南去世，获赠礼部尚书，谥号文懿，安葬在唐太宗准备和皇后长孙氏合葬的昭陵旁边。643年，唐太宗李世民为纪念跟随自己打天下、治天下的功臣，命画家阎立本在凌烟阁绘制二十四位功臣画像。虞世南列第二十位。

一朝天子一朝臣。

虞世南竟然历经三朝，不仅在乱世保全性命，而且都得到重用。这在历史上极为罕见。

虞世南弱不禁风，性格刚烈，直言敢谏。弱不禁风与性格刚烈结合，会吃亏；性格刚烈和直言敢谏结合，会送命。

但虞世南活到81岁，毫发无损，善终。

李世民写诗。虞世南说，陛下不要学南朝的诗歌，那是亡国之音。

李世民建陵墓。虞世南说，不能陪葬金银财宝，否则要被盗墓。

……

唐太宗李世民这样评价虞世南："一曰德行，二曰忠直，三曰博学，四曰文辞，五曰书翰。"（《旧唐书·虞世南传》）意思是，虞世南一是德行，二是忠直，三是博学，四是文词，五是书法。

司马光（1019—1086）说："世南外和柔而内忠直。"（《资治通鉴·唐纪十一》）

有一天，唐太宗李世民带着众臣游玩，让大家写诗助兴。

虞世南写了《蝉》。

蝉垂下像帽缨一样的触角，吸吮着清澈甘甜的露水；连续不断的鸣叫声，从稀疏的梧桐树枝间传出。蝉因为在高处，声音才能传得远，并非是凭借秋风的力量。

虞世南借咏蝉，描写的是品行高尚、超凡脱俗的君子。20个字，明朗隽永，从容自信。

虞世南一出手，大家不写了。他写得好，关键是文如其人。就品行、学养、才能、胆识，谁也比不过他。

虞世南的《蝉》，是唐朝"咏蝉三绝"之一。另外两首分别是骆宾王的《在狱咏蝉》、李商隐的《蝉》。

678 年，骆宾王身陷囹圄，写“露重飞难进，风多响易沉”。意思是，秋露浓重，蝉展开双翼也难以高飞，寒风轻易地把它的鸣唱淹没了。

848 年，李商隐穷困潦倒，写“本以高难饱，徒劳恨费声”。意思是，在高枝上所以吃不饱，悲鸣却没有人同情。

三首诗，由于作者地位、遭遇、气质不同，呈现出来的精神、体现出来的格局也不相同。

清代诗人施补华（1835—1890），在《岘佣说诗》中说，同是咏蝉，虞世南是“清华人语”，骆宾王是“患难人语”，李商隐是“牢骚人语”。

初唐四杰

“尔曹身与名俱灭，不废江河万古流。”这是杜甫的千古名句，知道的人很多。但是，很多人不知道，这句诗与“初唐四杰”有关。

初唐四杰，指王勃、杨炯、卢照邻、骆宾王。他们是唐朝初期著名的文学家、诗人。

关于初唐四杰的排名，有不同的说法，比如有人把杨炯排最前面，有人认为卢照邻应该排第一，但是一般按照“王杨卢骆”的顺序。

“王杨卢骆”的顺序，是宋之问首先提出来的。他在《祭杜学士审言文》中说，“后复有王杨卢骆”。

杜甫在《戏为六绝句·其二》，重申了这个顺序：

王杨卢骆当时体，轻薄为文哂未休。
尔曹身与名俱灭，不废江河万古流。

“王杨卢骆当时体”，这固然是杜甫尊重宋之问的排列——宋之问祭奠的杜审言，是杜甫的爷爷，更重要的是也代表了杜甫的主张。

盛唐时期，有一些人讥讽王勃、杨炯、卢照邻、骆宾王的成就。杜甫用《戏为六绝句》表明态度：王勃、杨炯、卢照邻、骆宾王在他们那个时代，造诣很高。只有轻薄的人，才会写文章不停地讥笑他们。这些无知的人，身体和名声迟早都会消失，丝毫不能影响王杨卢骆的诗文像江河一样万古奔流。

唐朝开始于 618 年。

王勃（650—676）；

杨炯（650—约 693）；

卢照邻（约 630—约 682）；

骆宾王（约 638—684）。

由此可见，与虞世南横跨三朝不同，王勃、杨炯、卢照邻、骆宾王都生于唐朝，是唐朝自己培养的文学家、诗人。他们都是少年成名，官小名大、年少才高，而且在文学上有着共同的目标，要扭转前朝宫体诗的“软”，也就是浮艳；要打造当朝诗歌的“硬”，也就是风骨。

这在当时非常不容易。

初唐前期，以宰相上官仪（约 605—665）为代表的诗人，热衷于创作纤巧绮靡的宫体诗，就连唐太宗李世民都在赶这样的时髦。

王勃、杨炯、卢照邻、骆宾王要标新立异，既要敢于打破顽固的旧的诗风，还必须有鲜明的文学主张、丰富的创作实践，必须有一批令人耳目一新的作品，否则主张再好，也是空话、废话。他们从体裁、题材和内容上，“思革其弊”（杨炯《王勃集序》）。

在初唐四杰之前，诗歌主要写宫廷、台阁，范围狭窄，内容单一，语言浮夸。初唐四杰把目光投向繁华市井、苍凉边塞、无限江山，咏史、咏物，写登临、别离，写戍边、征夫……

于是有了王勃的《送杜少府之任蜀州》：“城阙辅三秦，风烟望五津。与君离别意，同是宦游人。海内存知己，天涯若比邻。无为在歧路，儿女共沾巾。”

于是有了杨炯的《从军行》：“烽火照西京，心中自不平。牙璋辞凤阙，铁骑绕龙城。雪暗凋旗画，风多杂鼓声。宁为百夫长，胜作一书生。”

于是有了卢照邻的《关山月》：“塞坦通碣石，虏障抵祁连。相思在万里，明月正孤悬。影移金岫北，光断玉门前。寄言闺中妇，时看鸿雁天。”

于是有了骆宾王的《于易水送人》：“此地别燕丹，壮士发冲冠。昔时人已没，今日水犹寒。”

初唐四杰，都是神童，都被贬甚至入狱，都没有善终。

但是，经过初唐四杰的努力，唐朝诗歌开始出现壮大的气势，涌动着慷慨悲凉的感人力量。

王勃、杨炯、卢照邻、骆宾王开一代诗风，既留下了“王杨卢骆当时体”的杰作，更是预示了唐诗从此走向辽阔壮美的未来。

边塞诗

唐朝疆域辽阔，边塞很远、边境很长。

有边境，就有戍边，就有镇守。即使初唐、盛唐时期国力强大、四海仰望，边疆只有小规模冲突，总体太平，也需要将士同心，枕戈待旦、引而待发。

初唐、盛唐，太平盛世，歌舞升平。但是，戍边将士除了有慷慨大义、义无反顾，还必须面对荒凉、饥饿、寒冷、寂寞，甚至死亡。“醉卧沙场君莫笑，古来征战几人回。”（王翰《凉州词二首·其一》）

边塞诗，天生就注入了悲壮的情感。

唐朝边境的冲突或者战争，不是国家与国家之战，也不是民族与民族之斗，而是农耕文明与游牧文明之争。

相比较农耕民族，游牧民族生存条件艰苦。他们居无定所，夏短冬长，“胡天八月即飞雪”（岑参《白雪歌送武判官归京》），常缺少布、铁、盐、蔬菜。

正确的方式是，游牧民族与农耕民族做交易，以牛羊肉和皮制品等物资换取生活必需品，但是他们生存本来就困难，很难有多余的物资用来交易。他们要想生存，很多时候就得骚扰、侵袭农耕民族。

农耕民族受到游牧民族攻击，则必定反击，捍卫疆土、保卫家园。“汉家旌帜满阴山，不遣胡儿匹马还。愿得此身长报国，何须生入玉门关。”（戴叔伦《塞上曲二首·其二》）

农耕民族与游牧民族的矛盾，似乎无解，其实有解，那就是后来的各民族大融合，中华一统。

边境的冲突与战争，并不是从唐朝起，汉代甚至更为久远的西周就已有了。

《诗经·小雅·六月》中说：“玁狁孔炽，我是用急。王于出征，以匡王国。”意思是说，玁狁来势凶猛，边境告急。将军奉命征讨，以保平安。“玁狁”，就是匈奴。

汉代，骠骑将军霍去病（公元前140—前117）奉汉武帝之命，奔袭万里，“匈奴不灭，无以家为”（班固《汉书·卫青霍去病列传》）；西域副校尉陈汤（？—约公元前6）大败匈奴：“明犯强汉者，虽远必诛。”《汉书·傅常郑甘陈段传》

……

这些文字，记载了英雄与历史。

英武豪气，气贯长虹，也贯穿至唐朝，贯穿至唐朝的边塞诗。

我以为，边塞诗大体上可以分三类。

一类是没有到过边疆的诗人的作品，比如李白写“明月出天山，苍茫云海间”（《关山月》），杜甫写“射人先射马，擒贼先擒王”（《前出塞九首·其六》），李贺写“黑云压城城欲摧，甲光向日金鳞开”（《雁门太守行》）。

一类是到过边疆，但是没有经历战争的诗人的作品，比如王之涣写《凉州词》、王维写《使至塞上》、王昌龄写《出塞》。

还有一类是到过边疆、参加过战争的诗人的作品，比如高适的《燕歌行》，“战士军前半死生，美人帐下犹歌舞”；岑参的《赵将军歌》，“将军纵博场场胜，赌得单于貂鼠袍”。

诗人有没有参加过战争，作品不一样。

比如，“单车欲问边，属国过居延”（王维《使至塞上》）；

比如，“欲将轻骑逐，大雪满弓刀”（卢纶《和张仆射塞下曲六首·其三》）。

王维出访的是战后的边塞，“单车”出现在前线。但到了卢纶那里，“单车”变成了“轻骑”，一队飞快的骑兵追逐而去。

“文章合为时而著，歌诗合为事而作。”（白居易《与元九书》）诗人所面临的境况不同，使得边塞诗在苍凉、悲壮、豪迈的总基调上，具有了多样性。

“秦时明月汉时关，万里长征人未还。但使龙城飞将在，不教胡马度阴山。”（王昌龄《出塞》）

唐诗中，最能体现大唐气象、最能体现唐代诗人精神的作品，无疑是边塞诗。

千年已过，唐代边塞诗所迸发出的壮志豪情，汹涌至今，并且凝聚成整个中华民族的精神，奔腾永远。

田园山水诗

人闲桂花落，夜静春山空。月出惊山鸟，时鸣春涧中。（王维《鸟鸣涧》）

移舟泊烟渚，日暮客愁新。野旷天低树，江清月近人。（孟浩然《宿建德江》）

王维和孟浩然是唐朝田园山水诗人的代表人物，人称“王孟”。

唐朝的田园诗起源于东晋。陶渊明（365?—427）是中国第一位田园诗人。

唐朝的山水诗起源于东晋。谢灵运（385—433）是中国山水诗的鼻祖。

为什么田园山水诗开始于东晋?

简单地说，第一，与社会发展有关。假如兵荒马乱，文人则不敢寄情山水、流连田园。而东晋偏安于江南，总体上太平，文人又或多或少受到道教、佛教的影响，动不动就跑进田园山水。

第二，与文人参与政治的程度有关。如果志在庙堂，不会心在江湖。而陶渊明“少无适俗韵，性本爱丘山”（《归园田居·其一》），不肯做官；谢灵运羡慕“潜虬媚幽姿，飞鸿响远音”（《登池上楼》），干脆放浪山水。

第三，与文学发展有关。《诗经》《楚辞》中有大量描写山水的诗句，但是山水并没有成为独立的审美对象。曹操虽然写了《观沧海》，但是山水并不是这时期歌咏的主要题材。

唐朝田园山水诗的兴盛，张说和张九龄的作用不能忽视。

张说有“白云半峰起，清江出峡来”（《过蜀道山》），“云间东岭千寻出，树里南湖一片明”（《灉湖山寺》）……

张九龄有“日照虹霓似，天清风雨闻”（《湖口望庐山瀑布水》），“一水云际飞，数峰湖心出”（《彭蠡湖上》），“霜清百丈水，风落万重林”（《赴使泷峡》）……

张说（667—730）和张九龄（678—740），是初唐走向盛唐的政治家，官至宰相。他们写什么、怎么写，具有风向标的作用。

唐朝田园山水诗的兴盛，李白和杜甫的作用不能忽视。

李白有“日照香炉生紫烟，遥看瀑布挂前川”（《望庐山瀑布》），也有“君不见黄河之水天上来，奔流到海不复回”（《将进酒》），还有“相看两不厌，只有敬亭山”（《独坐敬亭山》）……

杜甫有“岱宗夫如何？齐鲁青未了”（《望岳》），也有“无边落木萧萧下，不尽长江滚滚来”（《登高》），还有“野径云俱黑，江船火独明”（《春夜喜雨》）……

李白和杜甫的诗歌成就是全方位的，没有人专门说他们是田园山水诗人。就像没有人说他们是边塞诗人，但是他们的边塞诗不输于任何一位边塞诗人。他们把唐朝的田园山水诗，扛到了世代仰望的高度。

田园安宁、山河无恙，为唐朝诗人们走进田园山水提供了先决的自然条件。

风调雨顺、五谷丰登，为唐朝诗人们走进田园山水提供了必需的物质基础。

唐朝从初唐迈向盛唐，田园山水诗也从兴起奔向兴旺。即使到了中唐、晚唐，田园山水诗仍然以优雅的惯性，得体地穿过动荡与混乱，绵延到宋朝。

白日依山尽，黄河入海流。（王之涣《登鹳雀楼》）

春潮带雨晚来急，野渡无人舟自横。（韦应物《滁州西涧》）

今夜偏知春气暖，虫声新透绿窗纱。（刘方平《月夜》）

几处早莺争暖树，谁家新燕啄春泥。（白居易《钱塘湖春行》）

千山鸟飞绝，万径人踪灭。（柳宗元《江雪》）

青山隐隐水迢迢，秋尽江南草未凋。（杜牧《寄扬州韩绰判官》）

……

唐朝的田园山水诗，既真实描写了田园优美、山河壮丽，也表达了诗人们对田园的热爱、对山水的痴迷、对人生的思考，成为辉煌唐诗中璀璨的明珠，并且为后世构筑了人间天国的精神家园。

唐诗里的别离

骊驹在门，仆夫具存；骊驹在路，仆夫整驾。（《骊驹》）

燕燕于飞，差池其羽。之子于归，远送于野。瞻望弗及，泣涕如雨。（《诗经·国风·邶风·燕燕》）

《骊驹》是一首“逸诗”。“逸诗”是指产生于先秦时期，但是没有被收入《诗经》的诗歌。《骊驹》的意思是，黑色的马已经配好骑具、站在路边，车夫已经做好出发的准备。

《邶风·燕燕》，出自《诗经》。意思是，燕子展翅翻飞，这个女子就要回老家。我们送她到郊外。她已经走远了，我们还是泪如雨下。

《骊驹》和《邶风·燕燕》都是写别离，但是，两首诗有区别，《骊驹》是告别，《邶风·燕燕》是送别。

这是中国目前发现的最早的写别离的诗歌。

唐朝国土广袤，交通发达，经济繁荣，文化兴旺，国防力量增强，人员流动多而快，别离成了日常生活。

求学、应试、宦游、上任、游历、隐居、戍边、访友、探亲、流放、贬谪……唐朝诗人一生中，都有许多日子在路上。

开始于先秦的别离诗，到唐朝有了突飞猛进的发展。

“送君还旧府，明月满前川。”（《夜送赵纵》）这是杨炯以明月相送。

“劝君更尽一杯酒，西出阳关无故人。”（《送元二使安西》）这是王维以美酒相送。

“洛阳亲友如相问，一片冰心在玉壶。”（《芙蓉楼送辛渐》）这是王昌龄以嘱托相送。

“莫愁前路无知己，天下谁人不识君。”（《别董大》）这是高适以劝慰相送。

“古往今来皆涕泪，断肠分手各风烟。”（《公安送韦二少府匡赞》）这是杜甫以涕泪相送。

“劳歌一曲解行舟，红叶青山水急流。”（《谢亭送别》）这里许浑以歌声相送。

“一看肠一断，好去莫回头。”（《南浦别》）白居易以眼神相送。

一个“送别”主题，送别的方式不一样，但是有一点是一样的：以情相送。

“孤帆远影碧空尽，唯见长江天际流。”（《黄鹤楼送孟浩然之广陵》）“我寄愁心与明月，随君直到夜郎西。”（《闻王昌龄左迁龙标遥有此寄》）“此地一为别，孤蓬万里征。”（《送友人》）这是李白的送别诗。

“桃花潭水深千尺，不及汪伦送我情。”（《赠汪伦》）“夜发清溪向三峡，思君不见下渝州。”（《峨眉山月歌》）“仍怜故乡水，万里送行舟。”（《渡荆门送别》）“金陵子弟来相送，欲行不行各尽觞。”（《金陵酒肆留别》）这是李白的告别诗。

李白一生大约写了160首送别、告别诗。无论送别还是告别，他的诗都是意象开阔、感情诚挚，愁绪中有达观、沉郁中有昂扬。

我的印象中，李白似乎只有一首送别诗写到眼泪：“平生不下泪，于此泣无穷。”（《江夏别宋之悌》）我一生从未流过泪，现在泪流不止。

宋之悌是宋之问的弟弟，也是李白的好朋友。732年，进入老年的宋之悌被贬交趾（今越南北部），李白在江夏（今湖北武汉）送他。

其实，何止是李白。

唐朝的别离，即使悲切，也是意境高远、格调非凡。这是大唐的声音，王勃一开始就定下了基调：“海内存知己，天涯若比邻。”（《送杜少府之任蜀州》）

唐人别离，喝酒、折柳，还要唱歌。

再喝一杯，再喝一杯，再喝一杯吧！喝酒是假，留你是真，“酒”也是“久”。

“柳”是“留”。柳枝的生命力极强，折下一截，往异乡的地里一插，就能生根发芽。这是送别的人最好的祝愿，祝你马上立足、发展。当枝繁叶茂，你会想起出发的地方。

唱歌，一向是唱《骊驹》。《送元二使安西》诞生后被宫廷乐师李龟年（生卒年不详）谱成曲子。于是，唐朝人反复吟唱：“西出阳关无故人”“西出阳关无故人”“西出阳关无故人”……

这就是《阳关三叠》，也叫《渭城曲》，是唐朝的“骊歌”。

唐诗里的月亮

月出皎兮，佼人僚兮。舒窈纠兮，劳心悄兮。月出皓兮，佼人懰兮。舒懮受兮，劳心慅兮。月出照兮，佼人燎兮。舒夭绍兮，劳心惨兮。

这首出自《诗经·陈风》的《月出》，是中国目前发现的最早的写月亮的诗歌。

《月出》奠定了一个基调：月亮是美丽的，月亮是可以想象的，月亮是可以思念的，月亮也是可以歌咏的。

屈原在《天问》中说："夜光何德，死则又育？厥利维何，而顾菟在腹？"意思是说，月亮有着什么本领，竟能死了再重生？月中黑点是什么，是不是兔子藏在腹中？

这可能是最早关注到月有圆缺的诗句。

"明明如月，何时可掇？"皓月当空，什么时候可以摘取？曹操的《短歌行》，可能是最早揽月的诗句。

唐朝的月亮，是从《诗经》《楚辞》《乐府》里升起来的。

“海上生明月，天涯共此时。”（张九龄《望月怀古》）这是海上的月亮。

“野旷天低树，江清月近人。”（孟浩然《宿建德江》）这是江上的月亮。

“明月松间照，清泉石上流。”（王维《山居秋暝》）这是松间的月亮，

“月出深峰里，清凉夜亦寒。”（张籍《隐月岫》）这是山上的月亮。

“露从今夜白，月是故乡明。”（杜甫《月夜忆舍弟》）这是故乡的月亮。

“月落乌啼霜满天，江枫渔火对愁眠。”（张继《枫桥夜泊》）这是临近姑苏寒山寺的月亮。

“烟笼寒水月笼沙，夜泊秦淮近酒家。”（杜牧《泊秦淮》）这是金陵秦淮河上的月亮。

“秦时明月汉时关，万里长征人未还。”（王昌龄《出塞二首·其一》）这是边关的月亮。

“独出前门望野田，月明荞麦花如雪。”（白居易《村夜》）这是乡村的月亮。

“鸡声茅店月，人迹板桥霜。”（温庭筠《商山早行》）这是客店的月亮。

“淮水东边旧时月，夜深还过女墙来。”（刘禹锡《石头城》）这是穿越的月亮。

“晓镜但愁云鬓改，夜吟应觉月光寒。”（李商隐《无题》）这是感觉的月亮。

……

李白对月亮情有独钟。一生写诗 3 000 多首，流传下来的有近千首，写到月亮的有近 80 首。

峨眉山月半轮秋，影入平羌江水流。（《峨眉山月歌》）
举头望明月，低头思故乡。（《静夜思》）
举杯邀明月，对影成三人。（《月下独酌四首·其一》）
长安一片月，万户捣衣声。（《子夜吴歌·秋歌》）
明月出天山，苍茫云海间。（《关山月》）
今人不见古时月，今月曾经照古人。（《把酒问月》）
……

李白望月、咏月，一方面因为他是伟大的浪漫主义诗人，还有一个原因，他进不可入仕、退不能还乡，干脆不前进也不后退，举头望明月。

762 年冬天，李白病死。但是，传说不肯这样简单。传说，“李白着宫锦袍，游采石江中，傲然自得，旁若无人，因醉入水中捉月而死”。

有人说，唐朝最著名的月亮，来自张若虚的《春江花月夜》。确实，张若虚一首诗，写了 15 个“月”字，境界明丽，情思浓烈，哲理深刻，音调婉转，韵味无穷。

但是，《春江花月夜》在唐朝不被大家熟知。

然而，《春江花月夜》终究是唐朝的月亮，迟早会月上中天。

唐朝地域辽阔、社会安定，天空因此宽广、明澈。唐朝诗人眼界开阔，天高地远，因而常仰望天空。

唐朝宽广、明澈的天空，高悬着一个个月亮。

那是唐朝诗人挂上去的。

光照千秋。

李白与杜甫

“两个黄鹂鸣翠柳，一行白鹭上青天。”这是杜甫在成都写的《绝句》。

李白在迷迷糊糊中写过“对影成三人”，一般情况下，起手就是上百：“危楼高百尺”“桃花潭水深千尺”“飞流直下三千尺”“尔来四万八千岁”……

杜甫是伟大的现实主义诗人，每一笔数字都精确。

李白是伟大的浪漫主义诗人，不在乎准数。

李白生于701年，杜甫生于712年。李白比杜甫大11岁。

725年，李白25岁出川，写《峨眉山月歌》，杜甫14岁。

735年，李白在长安，把《大猎赋》献给唐玄宗。杜甫正在游历齐赵（今山东、河南、河北一带），写《望岳》：“会当凌绝顶，一览众山小。”

730年，李白入长安，先后结识玉真公主、贺知章等人，行卷、干谒不亦乐乎。杜甫在洛阳参加进士考试，名落孙山。

744 年夏天，李白被赐金放还，写《行路难》，后来到洛阳。杜甫从齐赵一带游历回到洛阳。两人一见如故。

杜甫后来在《与李十二白同寻范十隐居》中，这样描写两个人的关系：“醉眠秋共被，携手日同行。”他对李白非凡的才华心悦诚服：“笔落惊风雨，诗成泣鬼神。”（《寄李十二白二十韵》）

李白和杜甫相约游梁、宋（今开封、商丘一带）。秋天，李白见到戴着斗笠的杜甫，说：“借问别来太瘦生，总为从前作诗苦。”（《戏赠杜甫》）分别才几天，老兄你怎么这么瘦啊？是不是这段时间作诗太辛苦啦？他们在汶水河边遇到了高适。三人情投意合，饮酒谈诗。

745 年，李白与杜甫相约在鲁地（今山东）见面，访隐士、寻仙人。冬天，李白送杜甫出城，回到住地沙丘城，心情郁闷，对杜甫的思念如同汶河水，浩荡不绝。“思君若汶水，浩荡寄南征。”（《沙丘城下寄杜甫》）

李白去了江东，到江浙一带游历。

杜甫奔赴长安。

755 年，安史之乱爆发。

第二年，唐玄宗逃到成都，唐肃宗在宁夏灵武登基。

李白在庐山躲避战乱。

杜甫追随唐玄宗，又改道追随唐肃宗，路上和王维被叛军俘虏。

757年，永王李璘出师东巡，李白应邀成为幕僚，写《永王东巡歌》，劝李璘割据江南。不久，李璘战败，李白被长流夜郎（今贵州桐梓等地）。

杜甫写“国破山河在，城春草木深”（《春望》），逃出长安，在宝鸡见到唐肃宗，被任命为左拾遗。很快，因为同情打了败仗的宰相房琯，触怒唐肃宗被贬。他从此远离朝廷，进入受安史之乱影响最严重的地区，写“三吏”“三别”。

759年，李白因为身体不好，走了一年多，才到白帝城（今重庆奉节）。忽然收到被大赦的消息，欣喜若狂，写《早发白帝城》。

杜甫在甘肃天水写《月夜忆舍弟》：“戍鼓断人行，边秋一雁声。露从今夜白，月是故乡明。有弟皆分散，无家问死生。寄书长不达，况乃未休兵。”进入四川。

李白与杜甫无限接近，但是没有见面。

762年冬天，李白写《临终歌》，病死当涂（今属安徽马鞍山）。

同时，官军收复洛阳和郑（今河南郑州）、汴（今河南开封）等州。消息传到远在成都乡下的杜甫耳朵里，已经是第二年的早春。杜甫老泪纵横，写《闻官军收河南河北》。

770年冬天，杜甫在潭州（今湖南长沙）往岳阳的一条小船上病死。

传说，李白醉酒之后，在江里捞月亮，跌入水中淹死。伟大的浪漫主义诗人，死法也浪漫。

传说，杜甫饥饿半个月后，有人送来白酒牛肉，暴饮暴食，胀死。伟大的现实主义诗人，死法也现实。

怀才“遇”还是“不遇”？

北阙休上书，南山归敝庐。
不才明主弃，多病故人疏。
白发催年老，青阳逼岁除。
永怀愁不寐，松月夜窗虚。

孟浩然的这首《岁暮归南山》，写于728年。

这是一首表明怀才不遇的诗。

唐代科举“以诗取士”。按理说，唐朝289年里，有名有姓的3 700多位诗人，应该绝大部分走上仕途，或辅佐君主，或治理一方，或镇守边塞，或经济农桑，或睦邻外交。

但事实并非如此，我们来看看唐朝为官的诗人。

九品：卢照邻、贾岛、王之涣……

八品：王昌龄、孟郊、李白……

七品：王勃、杨炯……

六品：骆宾王、宋之问、崔颢、杜甫……

五品：杜审言……

四品：沈佺期、王维、岑参、杜牧、柳宗元、张籍、崔护……

三品：张九龄、贺知章、元稹、高适、刘禹锡、韦应物……

二品：李绅、白居易……

……

由此可见，唐朝诗人，仕途平坦的非常少，而官至高位、掌握实权、善始善终的诗人，更是凤毛麟角。

当然，唐太宗李世民除外。另外，虞世南进入唐朝年事已高，也除外。

也就是说，从初唐到盛唐的发展，没有绝大多数诗人什么事。即使在盛唐之后，唐朝的国力江河日下，绝大多数诗人也没有帮上忙。

唐代伟大的诗人们，有一个共同的名字：怀才不遇。

唐玄宗把李白从山东召进长安，李白“仰天大笑出门去，我辈岂是蓬蒿人”（《南陵别儿童入京》）。但是，唐玄宗只是把他放在翰林院，写“云想衣裳花想容，春风拂槛露华浓”（《清平调·其一》）。一旦发现情况不对，唐玄宗宁可赐金赔钱，也要把李白赶出长安，再也不见。

杜甫创作的“三大礼赋”，深得唐玄宗赏识。但是，唐玄宗只是让杜甫在集贤院待分配，并没有直接给他一官半职。

孟浩然以“气蒸云梦泽，波撼岳阳城”（《望洞庭湖赠张丞相》）干谒张九龄。张九龄干谒过张说，现在孟浩然干谒他，诗歌写得气势磅礴，他却无动于衷。

李贺以“黑云压城城欲摧，甲光向日金鳞开”（《雁门太守行》）干谒韩愈。韩愈欣赏李贺，但是不了了之。

王维年轻入仕，却在终南山修建别墅，半官半隐；房琯主动请缨，带兵平叛，却是纸上谈兵，大败而归；李白在翰林院，却“天子呼来不上船，自称臣是酒中仙”（杜甫《饮中八仙歌》）；杜甫刚到唐肃宗身边，就和唐肃宗意见相左……

是不是可以得出这样一个结论？

唐代“以诗取士”，催生出无数伟大的诗人。但是，诗人所具备的，并不一定是治理之才。即使有了治国理政的机会，也并不一定做好相应的准备，相反，诗人气质时刻彰显他们的卓尔不群。

经天纬地、富民安邦，需要另有他人依章办事、励精图治，甚至披荆斩棘、殒身不恤。

孟浩然可以写田园诗，能不能管理一个村寨，恐怕难说。

李白可以写边塞诗，恐怕不能戍边。

江山社稷、国计民生，无论唐高祖、唐太宗，还是唐玄宗、唐肃宗，还是唐僖宗、唐昭宗，都不敢随意、轻易托付于人。

随意、轻易了，就昏庸了。

历朝历代如此。

因此，从做官这个角度说，唐代的诗人们大都“不遇”。

但是，从作诗这个角度说，唐代的诗人们都是“遇”的。波澜壮阔的大唐，提供了丰富的素材，也有“左拾遗”“给事中”等无数的闲职，安顿无数的诗人。

治理国家，要依靠职业官员，不能仰仗率性诗人。

那么诗人呢？

真正伟大的诗人，会饱蘸心血，记载伟大的时代，形成伟大的史诗，传承伟大的久远。

这是诗人的使命，也是文化的力量。

野望

东皋薄暮望，徙倚欲何依。
树树皆秋色，山山唯落晖。
牧人驱犊返，猎马带禽归。
相顾无相识，长歌怀采薇。

这是王绩的《野望》。

《野望》是初唐诗歌中少见的格律完整的五言诗。

“东皋薄暮望，徙倚欲何依。”黄昏，站在东皋怅望，徘徊不定，不知该归依何方。

时间“薄暮”，渲染凄凉的气氛；地点“东皋”，突出地点的偏僻。此时、此地，为什么要“望”？“望”到了什么？很自然联想起曹操的“绕树三匝，何枝可依”（《短歌行》）。

“树树皆秋色，山山唯落晖。”每一棵树都染上秋天的色彩，每一重山岭都披着落日的光芒。

望到了静态的远处。树“染”秋色，山“落”阳光，那么谁顾及我呢？

“牧人驱犊返，猎马带禽归。”放牧的人驱赶着牛群回家，猎人骑着马带着猎物各自随愿而归。

望到了动态的近处。正如《诗经·王风·君子于役》中说：“鸡栖于埘，日之夕矣，羊牛下来。”鸡已经进窝，太阳向西边落，牛羊成群下山坡。大家都有归宿，那么我回到哪里去？

颔联与颈联，有光，有色，有静，有动，有人物，有动作，有细节，是一幅生动的风景画。

“相顾无相识，长歌怀采薇。”他们相对无言，彼此不相识，只有高歌一曲，怀念古代采薇而食的隐士。

前半句写现实寂寞，无人知晓；后半句写心情郁闷，只有长歌。眼前的热闹不属于我，这个时代与我已渐行渐远。

读罢全诗，回想“东皋薄暮望”的“望”，不难发现一个问题，一个人在黄昏的高地上远望，想看什么？其实，不仅仅是为了看日落前的景色，也是对皇恩远道而来心生渴望，对自己能够东山再起心存侥幸。

在这首诗里，能看到陶渊明的影子。但是王绩不是陶渊明，陶渊明“晨兴理荒秽，带月荷锄归”（陶渊明《归园田居·其三》），能在田园里找到慰藉，而他“相顾无相识，长歌怀采薇”。

王绩（585—644），绛州龙门（今属山西河津）人。他比虞世南小27岁。59岁去世的时候，侄孙王勃7岁。他的哥哥是隋朝大儒、王勃的祖父王通（584—617）。

王绩从小喜欢读书，博闻强记。600年，15岁的他游历京都长安，被称为“神童仙子”。605年，他被举孝廉，中高第，授秘书省正字。因为喜欢喝酒，多次被弹劾，他就把官辞了。

625年，唐高祖李渊（566—635）让他“门下省待诏”，意思是等分配。他本来不愿意，但是被每天可以领到三升酒诱惑。后来，管事的给他每天一斗，人称“斗酒学士”。后来他又觉得实在无聊，再次辞官。

627年，王绩太穷，买不起酒，听说太乐署史焦革会酿酒，自荐去当管理员。后来，焦氏夫妇去世，断了好酒的来源。他又弃官，隐居在故乡东皋村。

644年，王绩病死在山西家中。

王绩是嗜酒如命，还是借酒消愁？不管怎么说，他被酒耽误了一生。

这样也好，否则，我们就不会读到“百年何足度，乘兴且长歌”（《醉后》），不会读到“相逢秋月满，更值夜萤飞”（《秋夜喜遇王处士》），不会读到“眼看人尽醉，何忍独为醒”（《过酒家五首·其二》）……

这些诗歌，从六朝的粉黛中走出来，朴素自然率真，别具一格地走在焕然一新的初唐。

送杜少府之任蜀州

城阙辅三秦，风烟望五津。
与君离别意，同是宦游人。
海内存知己，天涯若比邻。
无为在歧路，儿女共沾巾。

这是王勃的《送杜少府之任蜀州》。

送别是日常生活的重要组成部分，也是诗歌表达的重要内容之一。

最早的送别诗，可以追溯到《诗经》："燕燕于飞，差池其羽。之子于归，远送于野。瞻望弗及，泣涕如雨……"（《国风·邶风·燕燕》）

古时候山高路远，音讯不通，挥手可能就是永别。因此，无论是送别还是告别，都特别伤心。

在《送杜少府之任蜀州》之前，离别诗都写满了悲伤。即使在《送杜少府之任蜀州》之后，离别诗也很少能跳出悲伤的基调。

《送杜少府之任蜀州》不一样。

“城阙辅三秦，风烟望五津。”描写送别地和友人到达地的形势、风貌。对仗工整，气势博大。前一句写实，后一句写虚——在长安是看不到四川的，但是虚中有实，既表明会一直惦记友人的前行，又寄予对友人顺利到达的祝福。

“与君离别意，同是宦游人。”把镜头从远拉回到送别上。一个“同”字，既在宽慰友人，也表明了彼此同道，心心相惜。

“海内存知己，天涯若比邻。”笔突然荡开去。山水相隔，只要心心相印，就是朝朝暮暮。眼前的离别，被放到广阔的时空；“远近”这对矛盾，被升华到美学和哲学境界。

“无为在歧路，儿女共沾巾。”镜头又拉回到送别上。突出“送”的主题，既是对友人的反复叮嘱，也是对自己的不断劝勉。

送别，被王勃写得回肠荡气。

王勃（650—676），字子安，绛州龙门（今山西河津）人。

王勃是著名神童，从小聪颖，6 岁能作诗。666 年，他不足 17 岁，就被授七品朝散郎，是朝廷年龄最小的命官。他活了 27 年（一说 35 年），但是作品很丰富，最著名的是《送杜少府之任蜀州》和《滕王阁序》。

《滕王阁序》通篇用典，华丽恢弘，尤其“落霞与孤鹜齐飞，秋水共长天一色”，千百年来被大家称颂。

关于《滕王阁序》的创作时间，有 13 岁、14 岁、22 岁和 29 岁四种说法。我以为，13 岁和 14 岁的说法不可靠。这篇骈文的后半部分，流露出“时运不齐，命途多舛。冯唐易老，李广难封”怀才不遇的心情。十三四岁，说怀才不遇还早。我倾向于 22 岁，或者 29 岁——如果他是 35 岁去世的话。

王勃从 16 岁到 22 岁之间，两次被贬。

一次是 668 年。他 18 岁，在沛王府当差，写《檄英王鸡》文。唐高宗认为他乱用“檄文”文体，有意夸大事态，在皇子之间挑拨离间，将他逐出长安。

一次是 672 年，王勃 23 岁，在虢州参军任上，因为杀官奴而犯死罪，幸亏遇到大赦没有被处死。他的父亲王福畤受到牵连，被贬为交趾（今越南北部）县令。

674 年，朝廷要恢复王勃的原职。王勃知道宦海沉浮，自己力不从心，没有接受。

675 年秋天，王勃从洛阳出发去看父亲。

676 年夏天，王勃从交趾县返回，在风急浪大的南海落水，受到惊吓，英年早逝。

王勃应该有大好前程，两次都被自己“作”掉了。

如果王勃不“作”，没有落水的意外，那会怎样？

但是，似乎“作”又是王勃的必然。王勃做好了做神童的准备，但是没有做好做了神童之后的准备。

从军行

烽火照西京，心中自不平。
牙璋辞凤阙，铁骑绕龙城。
雪暗凋旗画，风多杂鼓声。
宁为百夫长，胜作一书生。

这是杨炯的《从军行》。

《从军行》属汉乐府《相和歌辞·平调曲》。

乐府是专门管理乐舞演唱教习的机构。搜集民间歌谣这项工作，从西周就开始了，秦朝设立了乐府。汉朝初期，乐府这一机构消失。公元前 112 年，汉武帝正式设立乐府，专门收集民间音乐，进行整理、改编、演唱及演奏。

简单地说，《从军行》相当于歌曲，大家可以填歌词，内容以写军旅生活的艰苦、征人思妇相思的痛苦为主。

隋朝诗人卢思道（535—586），填过“朔方烽火照甘泉，长安飞将出祁连。犀渠玉剑良家子，白马金羁侠少年”，流传很广。

唐朝，王昌龄填过“青海长云暗雪山，孤城遥望玉门关”，李白填过“百战沙场碎铁衣，城南已合数重围”。

“烽火照西京，心中自不平。”边塞报警的烽火传到长安，心系国家安危的人内心怎么能平静？

第一句应该是受到卢思道“朔方烽火照甘泉，长安飞将出祁连”的影响，但是五言表达更干脆。“烽火”代表战争。用“照”不用“传”，既渲染紧张的气氛，也指战火将离长安不远。“自”字，表明了激情是由衷的、自发的。

“牙璋辞凤阙，铁骑绕龙城。”手执兵符告辞天子皇宫，精锐勇猛的骑兵围敌攻城。

“辞”严肃庄重，镇定、自信，表示不是一介莽夫、一时冲动；“绕”表明迅猛机智，立刻把敌军包围了。前半句辞京，后半句就包围了敌人，跳跃自然，节奏明快。

“雪暗凋旗画，风多杂鼓声。”军旗在纷飞的大雪中时隐时现，战鼓在呼啸的狂风中震耳欲聋。

“旗”与“鼓”象征威武的军队，“雪”与“风”代表严寒的冬天和紧急的军情。人、事、景、情融为一体。

“宁为百夫长，胜作一书生。”我宁愿做一名冲锋陷阵的战士，也胜过当一名白面书生。

直接抒发感情，与首联的“自”相呼应。这是千古名句，历来被知识分子引用，表达投笔从戎、建功立业的迫切心愿。

《从军行》，被杨炯填得豪气顿生。

杨炯（650—约693），字令明，华州华阴（今陕西华阴）人。

杨炯和王勃一样，年幼聪慧，才华横溢。唐朝的科举制度中，专门设立童子科。10岁以下，只要通过考试，就可以当官、授进士出身。659年，10岁的杨炯被举为神童。但是，直到676年，他快30岁了，才当上九品官校书郎，做一些搜集、校对典籍的工作。之后，没有得到大的升迁。

692年秋天，杨炯任盈川（今浙江衢州）县令，没多久病死在任上。

杨炯的《出塞》《巫峡》等五言诗，笔力雄健，符合章法，一扫齐梁以来浮华、纤巧、虚夸的风格，促成了五言诗的定型。

有人说，杨炯对“王杨卢骆”的顺序表示不满，“愧在卢前，耻居王后”，意思是，他对排在卢照邻前面感到羞愧，对排在王勃的后面感到耻辱，表示了对卢的敬重，对王的轻蔑。

我不这么看。首先，这个顺序是杨炯的好友宋之问排的。排序的时候，王勃已经死了。其次，王勃死后，杨炯专门为王勃的文集写序，赞扬王勃“每有一文，海内惊瞻”（杨炯《王勃集序》）。

杨炯说的“耻”，可能是指王勃的人品。文章我推崇，人品我鄙视，体现了杨炯张扬、高傲、直爽的个性。

战城南

将军出紫塞，冒顿在乌贪。
笳喧雁门北，阵翼龙城南。
雕弓夜宛转，铁骑晓参驔。
应须驻白日，为待战方酣。

这是卢照邻的《战城南》。

“战城南”属汉乐府《鼓吹曲辞》，“十八铙歌”之一。铙歌是军乐，在马上演奏，内容描写战争的伤亡景象。

汉代，曾经有人填过《战城南》：“战城南，死郭北，野死不葬乌可食……”

唐朝，李白填过《战城南》：“去年战，桑乾源，今年战，葱河道。洗兵条支海上波，放马天山雪中草。万里长征战，三军尽衰老……”

“将军出紫塞，冒顿在乌贪。”将军率领兵马出边塞，去与驻扎在乌贪的冒顿决战。将军主动出击，志在必得。

“笳喧雁门北，阵翼龙城南。”两军在雁门关对阵，唐军在城南布下了包围阵势。表明唐军的强大。

“雕弓夜宛转，铁骑晓参驔。”战斗打了一夜。将士弯弓，在夜色里蜿蜒向前；铁甲战马，奔跑到天亮。表明战争的激烈与残酷。

“应须驻白日，为待战方酣。”战斗又进行了一个白天，没有结束，但是胜负已定。太阳你停留一下吧，看我们和冒顿决一胜负，收复河山。表现了将士们高昂的斗志和必胜的信心。

卢照邻（约630—约682），字昇之，幽州范阳（今河北涿州）人。

卢照邻和王勃、杨炯一样，年少博学、多才。20岁就在邓王李元裕（624—665）府上处理文书。李元裕是唐高祖李渊第十七子、唐高宗的叔父，著名藏书家。李元裕非常赏识卢照邻，“此吾之相如也”（张鷟《朝野佥载》），称他是西汉时期的司马相如。665年，李元裕病逝，卢照邻离开王府。之后，他在成都附近当过不入流的小官。

仕途上心灰意冷，加上身体不好，卢照邻回到洛阳。他后来服丹药中毒，手脚瘫痪。“药王”孙思邈（581—682）对他的病情，也毫无办法。他忍受不了病痛的折磨，投颍水自杀。

关于卢照邻去世的时间，有多种说法，比如“689”“680”“695”等等。卢照邻退居乡野，离开大家的视线，要人们记清他的一切是不现实的。我在查阅资料的时候，看到有一种说法，卢照邻和孙思邈同年去世。如果是真的，那么可以推断卢照邻去世的时间是682年。

存此一说吧。

卢照邻留下不少诗歌骈文，“得成比目何辞死，愿作鸳鸯不羡仙”（《长安古意》）等佳句广为传颂。

我个人比较喜欢卢照邻的另一首《九月九日登玄武山》：

九月九日眺山川，归心归望积风烟。
他乡共酌金花酒，万里同悲鸿雁天。

九月九日眺望故乡山川，归心浓得如眼前的风烟。客居他乡和朋友共饮菊花酒，悲伤地看着大雁飞向万里之外的南天。

669年，卢照邻离开李元裕王府到益州新都（今成都附近）任职。王勃因写《檄英王鸡》触怒高宗，被赶出沛王府，游历到蜀地。九月九日重阳节，卢照邻和王勃以及诗友邵大震，同游玄武山（今四川中江），互相酬唱。这首诗即为卢照邻当时所作。

邵大震作《九日登玄武山旅眺》："九月九日望遥空，秋水秋天生夕风。寒雁一向南去远，游人几度菊花丛。"

王勃作《蜀中九日》（一作《九日登高》）："九月九日望乡台，他席他乡送客杯。人情已厌南中苦，鸿雁那从北地来。"

三首诗各有特色。但是相比较，还是卢照邻的格调高大。

于易水送人

此地别燕丹，壮士发冲冠。
昔时人已没，今日水犹寒。

这是骆宾王的《于易水送人》。

易水，也称易河，位于今河北省易县。战国时期，这里是燕国的南部边界。燕太子丹在这里送别荆轲。荆轲唱着“风萧萧兮易水寒，壮士一去兮不复还”（先秦·佚名《渡易水歌》），走上了刺杀秦王的不归路。

“此地别燕丹，壮士发冲冠。”壮士荆轲在此地与燕太子丹分别，怒发冲冠。在易水送人，很自然想到壮士荆轲。没有枝枝蔓蔓，直接进入主题，气贯古今。

“昔时人已没，今日水犹寒。”昔日豪杰已经长逝，今日易水还那样凄寒。易水依旧，物是人非。一个“寒”字，既是写景，也是因为前一句的“没”触景生“寒”，还是作者内心的“寒”。

678年，骆宾王担任侍御史，多次上疏讽谏，冒犯了武则天，不久被诬告下狱。679年秋天，他遇特赦出狱，冬天奔赴幽燕一带，决心报效朝廷。这首诗，就写于这一时期。

同一时期，骆宾王还写过《送郑少府入辽共赋侠客远从戎》，结尾两句是：“不学燕丹客，徒歌易水寒。”意思是：不学燕太子丹派遣的刺客荆轲，徒作悲歌而不能成事。希望郑少府能建功立业，平安归来。

骆宾王送没送人，送的是谁，历史没有记载，他也没有交代；“郑少府”也查无此人。我想，极有可能骆宾王是借“送别”而“咏史”，借题发挥，缓解壮志难酬的情绪，抒发志在天下的豪情。

骆宾王（约638—约684），字观光，浙江义乌人。

“临海少年落魄，薄宦沉沦，始以贡疏被愆，继因草檄亡命。”（陈熙晋《骆临海集笺注》）这四句话，概括了骆宾王悲剧的一生。

骆宾王和王勃、杨炯、卢照邻一样，也是神童，7岁作《咏鹅》。后来，他做过李元庆（李元裕的哥哥）的府属，做过侍御史、奉书郎、主簿等小官，也有过戍边生涯。676 年，作《帝京篇》，献给吏部侍郎裴行俭：“山河千里国，城阙九重门。不睹皇居壮，安知天子尊。皇居帝里崤函谷，鹑野龙山侯甸服……”是初唐第一长诗。

678 年，骆宾王被诬告入狱，写《在狱咏蝉》。第二年遇赦。680 年，出任临海县丞，做县令的助手，不久弃官去广陵，做李敬业（636—684）的府属。李敬业原来姓徐，因为爷爷徐勣开国有功，赐姓李。

684 年，武则天废中宗自立。九月，李敬业在扬州起兵反对。骆宾王起草著名的《为李敬业讨武曌檄》：“班声动而北风起，剑气冲而南斗平。喑呜则山岳崩颓，叱咤则风云变色……请看今日之域中，竟是谁家之天下！”慷慨激昂，气吞山河。

武则天读到“一抔之土未干，六尺之孤何托”时，有些慌张地问这是谁写的。有人禀告说是骆宾王。武则天感叹说：“宰相怎么没有注意到这样的英才啊！”

十一月，李敬业兵败被杀，武则天剥夺了他的“李”姓，退回“徐”姓。

骆宾王最终下落不明。

《资治通鉴》说骆宾王与李敬业同时被杀，《朝野佥载》说他投江而死，《新唐书》说他亡命天涯。

和晋陵陆丞早春游望

独有宦游人，偏惊物候新。
云霞出海曙，梅柳渡江春。
淑气催黄鸟，晴光转绿苹。
忽闻歌古调，归思欲沾襟。

这是杜审言的《和晋陵陆丞早春游望》。

杜审言是杜甫的祖父。杜甫在《赠蜀僧闾丘师兄》中说："吾祖诗冠古，同年蒙主恩。"我的祖父在他那个时代举世无双，和你的祖先一起受朝廷恩宠。这是事实。即使没有杜甫，杜审言也会名传千古。

"独有宦游人，偏惊物候新。"只有远离故乡外出做官的人，才会对自然界的物候变化特别敏感。

"独"，只有。开头果断，与"偏"相对应。因为同是"宦游人"，感受当然相通、相同。"惊"用得好。

物候、气象更新，不喜、不悲，却惊。因为时光流逝，碌碌无为。

“云霞出海曙，梅柳渡江春。”旭日出海，云霞灿烂；江南桃红柳绿，江北大地回暖。

这是看远“新”。“出”“渡”，化静为动，以快代慢。视野宏阔，色彩鲜明。

“淑气催黄鸟，晴光转绿苹。”和暖的气息，催黄莺声声啼鸣；晴朗的阳光，照绿苹越染越绿。

这是看近“新”。抬眼，鸟在枝头婉转歌唱；低头，波光粼粼，浮萍繁茂。有声有色。

“忽闻歌古调，归思欲沾襟。”忽然读到你寄来的格调古朴的咏春，不由得勾起我回乡的情怀，泪湿衣襟。

二、三联春色如许，尾联却“惊”得伤心落泪。原来我没有春风得意，只有岁月蹉跎，不如归去，又怎么归去？“惊”从首联启动，又在这里落脚。

这是一首有志难酬的失意诗。不明说失意，失意却暗流涌动。自然界的生动、美好，与宦游人内心的凄苦、彷徨，形成鲜明的对照。

杜审言（约645—708），襄州襄阳（今湖北襄阳）人。他是晋朝政治家、军事家、经学家、律学家杜预（222—285）的后代。因为父亲杜依艺做河南巩县县令，全家迁到河南巩县（今河南巩义）。

杜审言有四个儿子。

大儿子杜闲（682—741）。做过朝议大夫、兖州司马，是杜甫的父亲。

二儿子杜并（684—699）。16岁时，为救遭奸人陷害、判了死刑的父亲杜审言，和奸人同归于尽，震动朝野。

杜审言才华过人，与李峤、崔融、苏味道齐名，并称为“文章四友”。他为人高调，“吾文章当得屈、宋作衙官，吾笔当得王羲之北面。”（《新唐书·杜审言传》）意思是，屈原、宋玉佩服我的文章，王羲之佩服我的书法。他文章得意，仕途却失意，做的都是“尉”“参军”之类的小官。武则天听说杜并救杜审言的壮举，召杜审言进长安，也只是让他负责起草一些公文。

后来，杜审言与宋之问一起，攀附武则天的男宠张易之、张昌宗兄弟。

神龙元年（705）正月廿二，武则天被迫退位，唐中宗复位，张易之、张昌宗兄弟被杀，史称“神龙革命”。宋之问、杜审言等被流放。杜审言被流放到峰州（今越南越池东南）。后来被召回，还是担任八品、七品小官。

死后，被追赠负责编修国史的著作郎。

杜审言对初唐五言律诗的发展贡献很大，被称为五言律诗的奠基人。他更大的贡献，还在于对杜甫的影响。他去世前，宋之问去看望他。他半开玩笑半认真地说，自己太强势，压了宋之问他们一头。不知他死后，谁能接替他，成为诗歌领袖。他去世三年后，杜甫出生。

杜审言没有能看见杜甫，但是杜甫看见了他，他的成就光宗耀祖，也泽被后世。

杜甫在《宗武生日》中说："诗是吾家事，人传世上情。"表示诗是杜家世代相传的事业。

杜甫要继承和发扬的，不仅仅是一般的世间亲情。

渡汉江

岭外音书断，
经冬复历春。
近乡情更怯，
不敢问来人。

这是宋之问的《渡汉江》。

汉江，指汉水，是长江最长支流，源自陕西，经湖北流入长江。

岭外，指五岭以南的广东省广大地区，通常称岭南。唐朝的罪臣，一般流放到这里。

“岭外音书断，经冬复历春。”身在岭南，经过了冬天又到了春天，一直没有家里的音信。

这两句诗透露了三个信息。一是被贬在蛮荒的岭南，条件艰苦，格外思念家乡、惦念亲人；二是思乡心切，但是得不到来自家里的一点消息，格外觉得焦虑和凄凉；三是日复一日，时间加剧了条件艰苦与心情哀伤带来的双重痛苦。

“近乡情更怯，不敢问来人。”离故乡越近，心里越胆怯，不敢向从家那边过来的人打听任何消息。

这是一个出人意料的表达。

经过前两句的铺垫与渲染，应该是“近乡情更切，急欲问来人”。王维在《杂诗三首·其二》中就说：“君自故乡来，应知故乡事。来日绮窗前，寒梅著花未？”您刚从我家乡来，一定知道我家乡事情。请问我家雕画花纹的窗户前，那一株梅花开了没有？把一个游子思念家乡、亲人的急切心情，表现得淋漓尽致。但是，在宋之问的笔下，却是非正常的“怯”与“不敢”，而且离家越近，这种情绪更加浓烈。

这是一种创新的表达。

很想知道家人的情况，又担心家人会不会有什么不幸，很怕这种担心被家里来的人证实。矛盾的心理，被准确地捕捉，又得到了细腻、形象地表达。这是这首诗兀立同类题材的地方。

但是，仅仅这样理解还不够。

因为这是宋之问写的诗。

宋之问（约656—约713），汾州（今山西汾阳）人。父亲宋令文能文章、善书法，而且力大无比。他深受父亲的影响，仪表堂堂、才华超群。

675年，宋之问进士及第，走入仕途，得到武则天的重用。武则天举行两次诗歌大赛，夺魁的都是他。他出身低微，知道如果能接近武则天意味着什么。于是，他千方百计讨好武则天的男宠张易之、张昌宗兄弟，寻找平步青云的捷径。

705年，武则天被迫退位，唐中宗复位，张易之、张昌宗兄弟被杀。宋之问被流放到岭南泷州（今广东罗定县）。

过惯安逸、奢靡生活的宋之问，在荒凉、寂寞的岭南待不下去，第二年春天就悄悄逃回洛阳。

“近”，其实是逃回；“怯”，其实有着双重担心，既有着常人对家人的牵挂，更担心家人受到自己的牵连。一个通过非正常手段回乡的人，自然比正常人多了一份担惊受怕。

唐中宗时期，皇族争权夺利。宋之问为求富贵，主动投身政治旋涡。710年，他被睿宗流放广西钦州。713年，他被玄宗赐死。

但是，即使抛开这一背景，《渡汉江》仍然是一首出类拔萃的好诗。

宋之问与沈佺期并称“沈宋”。他使五言律诗的体制更臻完善，并创造了七言律诗的新体。他也是律诗的奠基人之一。

宋之问的品行，一直被人鄙夷。他杀自己的外甥，把“年年岁岁花相似，岁岁年年人不同”（刘希夷《代悲白头翁》）的好诗占为己有；他逢迎谄媚，出卖人格，甚至想得到武则天的宠幸；他通风报信，卖友求荣，导致好友满门抄斩……

都说“文如其人”，其实未必。

正月十五夜

火树银花合，星桥铁锁开。
暗尘随马去，明月逐人来。
游伎皆秾李，行歌尽落梅。
金吾不禁夜，玉漏莫相催。

这是苏味道的《正月十五夜》。

“火树银花合，星桥铁锁开。”灯火通明，像花盛开。城门打开，自由来往。

“火树银花”是苏味道的创造，后来成为描写灯光璀璨、焰火灿烂的成语。“合”字运用，也是苏味道首创。后来，王维有“白云回望合”（《终南山》），孟浩然有“绿树村边合”（《过故人庄》），应该是受到苏味道的影响。

“暗尘随马去，明月逐人来。”马蹄踏踏，尘土飞扬；举头望月，月光朗朗。

一暗一明，一低一高，错落有致，层次明晰。

“游伎皆秾李，行歌尽落梅。”歌女如云，花枝招展。且行且歌，唱《梅花落》。

“秾李”出自《诗经·国风·召南》：“何彼秾矣，华如桃李。”这里是指观灯的歌女打扮得艳若桃李。“落梅”，指古曲《梅花落》。

“金吾不禁夜，玉漏莫相催。”京城宣布，取消宵禁。吉日漫漫，良辰长长。

“金吾”是负责宵禁和京城治安的官员，“玉漏”指计时的滴漏。

唐朝都城实行宵禁制度。晚上 9：00 到第二天凌晨 3：00，老百姓不得外出。正月十五取消宵禁，大家尽情玩乐。

《正月十五夜》描写的就是洛阳元宵夜的美景。全诗清正挺秀，朴实大气。每联字字相对，工整巧妙。

苏味道（648—705），河北赵州（今河北石家庄）人。

苏味道 9 岁能写诗作文，与李峤（约 645—约 714）一同被称为“苏李”，与杜审言、崔融（653—706）、李峤一同被称为“文章四友”。

苏味道三次担任宰相，累计时间 7 年。他当官很有一套，宗旨是不得罪人。他说：“处事不欲决断明白，若有错误必贻咎谴，但模棱以持两端可矣。”（《旧唐书·苏味道传》）意思是说，遇事不要急着判断，因为出错了要遭到各方的斥责、追究，还是模棱两可好。他因此被称为“苏模棱”。

“模棱两可”的成语就出自这里。

再明哲保身，也有“湿鞋”的时候。705 年“神龙革命”，苏味道因为是武则天男宠之一张易之的盟友，从同凤阁鸾台平章事（相当于宰相），贬为益州大都督府长史。

苏味道和杜审言、宋之问一样，都栽在 705 年。不仅如此，“文章四友”中的李峤、崔融，也都与“二张”有牵连。

苏味道在眉州刺史任上不到半年，改任益州大都督府长史，在上任途中去世。他有四个儿子，老大、老三、老四都随他做官，唯独老二苏份，留在四川眉州娶妻生子。从此，眉州有了苏氏。

苏份的第九代子孙是苏洵，第十代子孙是苏轼、苏辙。“三苏”都是苏份在眉州的后代。

苏味道擅长律诗。

苏味道的诗名在当时并不显赫。杜审言就不把他放在眼里："彼见吾判，且羞死。"（《新唐书·杜审言传》）意思是，苏味道看了杜审言写的文章，应当羞愧而死。但是，他位高权重，很有影响力，对唐代律诗的发展起到了积极的推动作用。

苏味道的《正月十五夜》，描写了 705 年正月十五夜，洛阳花灯盛况。

武则天也在洛阳，住在迎仙宫集先殿，只不过卧病在床。

7 天之后，正月廿二，太子李显、宰相张柬之，指挥羽林军包围集先殿。"神龙革命"发生，武则天被迫退位。正月二十五，中宗李显正式即位。二月初四，复国号为"唐"，武周朝终结。这一年的十一月二十六，武则天去世。

"火树银花"的后面，有时候是刀光剑影。

登幽州台歌

前不见古人，
后不见来者。
念天地之悠悠，
独怆然而涕下！

这是陈子昂的《登幽州台歌》，是唐朝最著名的怀古诗。

幽州是古十二州之一，在今天的北京一带。

幽州台，即黄金台，又称蓟北楼，故址在今天的北京市大兴，是战国时燕昭王为招纳天下贤士而建造的。

697年秋天，陈子昂登上了幽州台。

“前不见古人，后不见来者。”往古代看，看不见礼贤下士的圣主；向未来看，看不见求贤若渴的明君。

“念天地之悠悠，独怆然而涕下！”一想到天地苍茫，我止不住满怀悲伤，泪流满面。

陈子昂（659—700），字伯玉，梓州射洪（今四川射洪）人。他出身大户人家，从小不读书，只想做侠客，和人打架出了人命，差一点吃官司。

陈子昂十五六岁时，突然对读书感了兴趣。他从零开始，用两三年时间饱读经书，特别注重钻研治国理政的学问。

679 年，陈子昂满怀信心出川，到长安国子监学习。第二年参加科举考试，名落孙山。682 年再考，还是榜上无名。

684 年，陈子昂又来到长安，准备应考。这时候有了一个机会。有一个人卖胡琴，要价百万，无数人围观，没有人舍得买。陈子昂千金买下，第二天包下一座豪华酒楼，宴请昨天围观的宾客。他说："蜀人陈子昂，有文百轴，驰走京毂，碌碌尘土，不为人知！此乐贱工之役，岂宜留心！"（南宋·计有功《唐诗纪事》）我是四川陈子昂，写过上百篇的文章，到京城来有一段时日了，始终得不到赏识。胡琴不过是低贱的乐工弹奏的，不值得大家花时间去关心！然后，他把胡琴摔在地上，把上百篇文章送给大家，一次性完成行卷。

陈子昂的自我炒作，轰动长安城。这一年，他果然中进士。

这一年，唐高宗在洛阳去世。是就地安葬，还是归葬长安？陈子昂上书《谏灵驾入京书》，希望朝廷体恤关中地区近几年的饥荒，不要将高宗灵柩移往长安。

武则天没有采纳陈子昂的建议，但是赏识陈子昂对国事的深刻见解、上书谏言的气概，“奇其才，召见金华殿”（《新唐书·陈子昂传》），任命他为麟台正字，负责校对诏书的错别字。不久，提拔他为右拾遗，相当于皇帝的参谋。

686 年春，陈子昂第一次从军，出征西北，参加平定突厥叛乱。他圆了仗剑走天涯的侠客梦，但是无功而返。

696 年，陈子昂第二次从军，担任武则天的侄子、主帅武攸宜的幕僚，出征东北，平定契丹叛乱。他多次提建议，武攸宜不但不听，还把他的职务一降再降，贬为军曹。

697 年，初冬的黄昏，陈子昂登上幽州台。万物萧疏，满目荒凉。报国宏愿成为泡影，他悲愤难抑，写《登幽州台歌》。

第二年，陈子昂又写《蓟丘览古赠卢居士藏用七首》，缅怀圣主先贤，渴望建功立业，抒发生不逢时、壮志未酬的感慨。

陈子昂在《燕昭王·其二》中说："南登碣石馆，遥望黄金台。丘陵尽乔木，昭王安在哉。霸图今已矣，驱马复归来。"大树参天，物是人非。招贤纳士的燕昭王如今在哪里？霸业已经成为梦想，我骑着马来来回回，独自徘徊。

699年，陈子昂41岁，辞职回乡。

700年，陈子昂42岁，被奸人陷害，冤死狱中。

初唐时期的诗歌，沿袭六朝，绮靡纤弱。陈子昂饱含政治热情、报国激情、侠客豪情、失意悲情，拔剑一般挺身而出、昂首四顾，成为唐诗最早的风骨。

春江花月夜

春江潮水连海平，海上明月共潮生。
滟滟随波千万里，何处春江无月明。
江流宛转绕芳甸，月照花林皆似霰。
空里流霜不觉飞，汀上白沙看不见。
…………

这是张若虚的《春江花月夜》。

《春江花月夜》全诗三十六句。

从用韵上看，每四句押一韵、组成一小节，共分九小节。

从内容上看，可以分成五段。

第一段，八句："春江潮水连海平……汀上白沙看不见。"明月初升，江海一色，花林芳甸，诗情画意。

第二段，八句："江天一色无纤尘……但见长江送流水。”凝神望月，神思如飞，探寻宇宙，追问人生。

第三段，四句：“白云一片去悠悠……何处相思明月楼？”目随景移，触景生情，承前启后，转折自然。

第四段，八句：“可怜楼上月徘徊……鱼龙潜跃水成文。”怜月思妇，思妇心烦，无心梳妆，望月怀远。

第五段，八句：“昨夜闲潭梦落花……落月摇情满江树。”游子心切，梦里故乡，春光将尽，尚在天涯。

五段又可以分为两大主题。前十六句主题：江畔望月，后十六句主题：月夜相思。

中间四句过渡：“白云一片去悠悠，青枫浦上不胜愁。谁家今夜扁舟子？何处相思明月楼？”

初唐的一个晚上，张若虚站在江边。扬州西南方向的风吹来，带着江水的潮气。月亮还没有升起来，漆黑一片，但是能听到长江舒缓博大的呼吸。不一会儿，硕大的月亮在江天连接的地方升起来，粼粼波光从远处铺展到眼前。月亮越来越高，天地间亮如白昼。海潮向西顶，江水向东流……

这是一个伟大的朝代，百废待兴，欣欣向荣。虽然宫廷内你争我斗，但那是李家的事，并没有影响老百姓的日常生活，一切都在走向盛世。

张若虚站在无垠、高远的天地之间，临江、面海、迎风而立。春、江、花、月、夜，每一个字，都是一部华丽、寥廓、深远的大书。月华如水，江海相拥，神交千古，相思万里。

人生代代无穷已，江月年年望相似。
不知江月待何人，但见长江送流水。
…………

《春江花月夜》是乐府吴声歌曲名，南朝陈后主创作。隋炀帝也填过这支曲子。张若虚只是用这个曲名作为诗歌的题目，与原先的曲调不同。

《春江花月夜》在唐朝没有被重视，唐人的唐诗选本中，都没有收录这首诗。

五六百年之后，北宋音乐家、文学家郭茂倩（1041—1099）编《乐府诗集》，收录了张若虚的《春江花月夜》。这是《春江花月夜》第一次被“发现”。

又过了五百多年，明代著名学者胡应麟（1551—1602）说：“张若虚《春江花月夜》流畅婉转，出刘希夷《白头翁》上，而世代不可考。详其体制，初唐无疑。”（《诗薮》）意思是《春江花月夜》水平比《白头翁》高，可是年代无法考证，根据体制推断，肯定是初唐的作品。

《白头翁》即《代悲白头翁》，诗中有名句“年年岁岁花相似，岁岁年年人不同”。

这是第一次有人评价《春江花月夜》，第一次提到张若虚。

这时候，张若虚和《春江花月夜》，已经默默走过千年。

张若虚（约660—约720），扬州人，初唐诗人，做过兖州兵曹，与贺知章、包融、张旭齐名，号称“吴中四士”。

——关于张若虚的生平，只有这些。

但是，这又有什么关系呢？一个诗人不是活在生平里，而是在永恒的作品里永生。

回乡偶书

少小离家老大回，
乡音无改鬓毛衰。
儿童相见不相识，
笑问客从何处来。

这是贺知章的《回乡偶书》。

贺知章（约659—约744），字季真，浙江越州永兴（今浙江杭州萧山）人。

贺知章小时候能诗会文。695年，37岁的他中进士，是浙江历史上第一位有资料记载的状元，任国子监四门博士，后任太常博士、礼部侍郎兼集贤院学士、太子宾客、检校工部侍郎、秘书监。

744年，贺知章生了一场病，感觉不妙，上疏唐玄宗，请求回老家做道士。

唐玄宗准了。

贺知章花了一个多月的时间，回到老家。

这一年，贺知章86岁。

“少小离家老大回，乡音无改鬓毛衰。”我很小的时候离开家乡，年老的时候才回到故乡。我的乡音没有改，但头发已经花白、疏落。

“少小离家”对“老大回”，既有时间上至少七十年的跨度，也有地点上的转换。时间一去不返，但是漂泊一生，最终回到出发的地方。“乡音无改”对“鬓毛衰”，既显年华易逝，也显精神坚守。时光可以改变我的容颜，但是夺不走我的乡音。“乡音无改”，就是为了“老大回”。

“儿童相见不相识，笑问客从何处来。”故乡的孩子们见到我，都不认识我。他们笑着问我，这位客人是从哪里来的？

“儿童”对“我”，既有生命延续，也有岁月鸿沟。故乡生生不息，代代相传，晚辈天真无邪，值得宽慰兴奋。我早孩子们几十年就生活在这里，如今我被晚生几十年的孩子们当成了客人，故乡成了他乡，难免悲切伤怀。一个“笑”字，既有几十年的穿越，之间无尽沧桑，又有老少的相逢，彼此相对，充满了喜感。

贺知章在“笑问”中一言难尽，又写了《回乡偶书》其二：“离别家乡岁月多，近来人事半消磨。惟有门前镜湖水，春风不改旧时波。”一别几十年，家乡变化多。不变的只有春风吹过，门前镜湖涟漪如昨。

贺知章 37 岁走入仕途，86 岁告老还乡。

期间，中宗被废、重祚（指二次称帝）、被毒杀；睿宗被废、重祚、被毒杀；武则天被迫退位；少帝李重茂被废……贺知章走过的，正是唐朝宫廷最紧张时候、最凶险地段。多少文人，因为各种牵连，被流放、被贬、被杀，他却安然无恙。

当贺知章面朝故乡，把苍老的背影留给朝廷，“御制诗以赠行，皇太子以下咸就执别”（《旧唐书·贺知章传》），玄宗写诗相赠，太子率百官送行。

这与贺知章的性格、德行有关。“知章性放旷，善谈笑”（《旧唐书·贺知章传》）。他晚年更加放纵自己，自号“四明狂客”“秘书外监”。他喜欢喝酒，杜甫的《饮中八仙歌》，第一个描述的就是他：“知章骑马似乘船，眼花落井水底眠。”他一眼看出李白的旷世才华，称李白是“谪仙人”，拿金龟（唐代三品以上官员所佩的金饰龟袋）抵酒钱，请李白喝酒，并把李白推荐给唐玄宗……

贺知章里里外外，追求一个“真”字，“当时贤达皆倾慕之”（《旧唐书·贺知章传》）。

人如其文，文如其人。

贺知章的诗，包括广为流传的《咏柳》，“不知细叶谁裁出，二月春风似剪刀”，无一不是明快、率真，但是又都新奇、深远。

744 年，贺知章回到故乡不久，善终，享年 86 岁。758 年，贺知章去世后 14 年，肃宗追赐礼部尚书。

凉州词二首·其一

黄河远上白云间，
一片孤城万仞山。
羌笛何须怨杨柳，
春风不度玉门关。

这是王之涣的《凉州词二首·其一》。

《凉州词》又名《凉州歌》。唐开元年间，西凉州都督郭知运，把凉州曲谱进献给唐玄宗，迅速流行。

《凉州词二首·其一》的内容，与戍边有关。

“黄河远上白云间，一片孤城万仞山。”黄河奔腾，远远地伸入西天的云端。坚守孤城，城外是连绵的万仞高山。

“羌笛何须怨杨柳，春风不度玉门关。”羌笛悲歌，不要怨杨柳没有绿色。春风太远，从来没有到过玉门关。

王之涣（688—742），字季凌，山西晋阳（今山西太原）人。

王之涣诗名很大，留下的生平资料却很少。

1930年，人们发现了王之涣去世后的第二年，堂弟王之咸请永宁县尉靳能撰文的《唐故文安郡文安县尉太原王府君墓志铭并序》，纠正了《唐才子传》中的错误，知道了他出生地、出生时间、家族情况，以及当时对他诗名的评价：

尝或歌从军，吟出塞，皦兮极关山明月之思，萧兮得易水寒风之声，传乎乐章，布在人口。

意思是，王之涣的边塞诗以描写边疆风光著称，经常被当成歌词，广为传唱。

《集异记》中，就记载了王之涣和王昌龄、高适在旗亭会唱的故事。

王之涣没有走科举这一条路。726年，他39岁，任冀州衡水主簿——相当于县政府秘书，因为遭人陷害，当年辞去官职，用15年时间游历边塞。

这时候，唐朝足够强大，边疆很少有大规模的战争，只有风光的雄阔苍凉、将士的孤危慷慨。《登鹳雀楼》《凉州词二首》等诗歌，就创作于这一时间。

741年，王之涣任文安县（今河北文安）县尉。第二年，“天宝元年二月十四日遘疾，终于官舍，春秋五十有五”（靳能《唐故文安郡文安县尉太原王府君墓志铭并序》）。王之涣在任上病死，享年 55 岁。

王之涣的诗歌，一般人先知道《登鹳雀楼》：

白日依山尽，黄河入海流。
欲穷千里目，更上一层楼。

“白日依山尽”，向西看，目光由上缓慢而下；太阳落山看得见，写实；再慢也不过是几分钟，慢中有快；寂静无声。

“黄河入海流”，向东看，目光由近快速向远；黄河入海看不见，想象；再快也要很多天，快中有慢；涛声震天。

“白日依山尽，黄河入海流”是写景，“欲穷千里目，更上一层楼”是抒情、议论。

王之涣目光向西、向东，立足点是鹳雀楼。鹳雀楼旧址，在山西永济市境内古蒲州城外西南方向的黄河岸边。楼高三层，前对中条山，下临黄河。

“黄河入海流”，目光向东，向下游。
“黄河远上白云间”，目光向西，向上游。

为什么《凉州词二首·其一》里的黄河要“倒流”？因为这是一首边塞诗。

一是将士不想向下游看。目光顺着黄河东去，黄河流经中原，中原是自己的家。征人离家万里，思乡之情一天比一天深，却又不能回乡。于是，只向与故乡相反的方向看。这是思乡之情更切的表现。

二是将士不能向下游看。敌人在西边，目光应该一眨不眨地盯着西部，身后是国家、江山、社稷、家乡、亲人。壮士排除一切杂念，一心镇守边塞。这是报国之情更切的表现。

“羌笛何须怨杨柳，春风不度玉门关。”写的是荒凉的实景，也是凄凉的实情，“何须怨”三个字，又将此景此情，转化、升华为坚守的壮景豪情。

无论是《登鹳雀楼》，还是《凉州词二首·其一》，诵读起来都会豪情满怀。

这种情怀是王之涣传递出来的。他看到的、描写的，是大唐盛世的山河，是自己的山河。

出塞二首·其一

秦时明月汉时关，
万里长征人未还。
但使龙城飞将在，
不教胡马度阴山。

这是王昌龄的《出塞二首·其一》。

“出塞”是乐府旧题，内容与戍边有关。

“秦时明月汉时关，万里长征人未还。”一轮明月，照着秦汉以来的边关；万里征战，离家的将士至今未还。

“但使龙城飞将在，不教胡马度阴山。”只要有李广这样的战将在，敌人的铁蹄一定不能踏过阴山。

王昌龄（约 690—约 756），京兆（今陕西西安）人，一作太原（今山西太原西南）人。他出身贫苦人家，小时候一边耕作，一边苦读。

720年，31岁的王昌龄到嵩山学道，修身养性，混口饭吃。

724年，34岁的王昌龄听惯了鸡犬相闻、晨钟暮鼓，看惯了男耕女织、草长莺飞，决定出一趟远门。他到敦煌，过嘉峪关，出玉门关。

王昌龄的边塞诗，集中写在这个时候。

盛唐的一些文学青年，以到边疆为人生必修课，并且以此为荣。这里有残留的古战场，有沉寂的烽火台，以及引而待发的弓箭、枕戈待旦的将士。

王昌龄胸中的豪情，勃发成宏大的诗情。

青海长云暗雪山，孤城遥望玉门关。

黄沙百战穿金甲，不破楼兰终不还。（《从军行七首·其四》）

王昌龄的出身和他的早年经历，成为他朴实、真挚、旷达的人生底色。

727年，38岁的王昌龄进士及第，走入仕途。但他仕途不顺，长时间担任低级小官，最高官至江宁丞，相当于副县长。48岁时，因为同情张九龄，得罪权贵李林甫，从汜水县尉被贬到岭南，后遇赦北还；60岁时，因为“不护细行（不注意生活小节）”，从江宁丞贬为龙标县尉。

王昌龄东跑西颠、南来北往，遇见孟浩然、李白、高适、王维、王之涣、岑参，也不停地与他们分别。依依不舍的友情，化作绵绵不绝的诗情。

740年，王昌龄从岭南返回长安，在襄阳访孟浩然。孟浩然乐极生悲，吃海鲜导致痈疽复发而死。他极度伤心，在巴陵（今湖南岳阳）遇见李白，又极度快乐。他作诗送别李白："山长不见秋城色，日暮蒹葭空水云。"（《巴陵送李十二》）

后来，李白在扬州听到王昌龄被贬龙标，写诗《闻王昌龄左迁龙标遥有此寄》遥寄好友："我寄愁心与明月，随君直到夜郎西。"

也是在巴陵，王昌龄和岑参依依惜别。岑参作《送王大昌龄赴江宁》："对酒寂不语，怅然悲送君……"王昌龄回赠《留别岑参兄弟》："江城建业楼，山尽沧海头……"

在江宁丞任上，王昌龄送好友辛渐："洛阳亲友如相问，一片冰心在玉壶。"（《芙蓉楼送辛渐二首·其一》）

在龙标县尉任上，王昌龄送好友柴侍御："青山一

道同云雨，明月何曾是两乡。”（《送柴侍御》）

总在送，总在别。送别，是王昌龄诗歌的又一主要内容。

除此之外，王昌龄还创作了不少闺怨诗，比如“闺中少妇不知愁，春日凝妆上翠楼。忽见陌头杨柳色，悔教夫婿觅封侯。”（《闺怨》）他的闺怨诗，形象生动，心理刻画准确，情感细腻。

边塞、送别、闺怨，构成王昌龄诗歌的三大题材。他的诗“绪密而思清”（《全唐诗》），他因此被冠为“七绝圣手”，被誉为“诗家夫子王江宁”。

756年，王昌龄67岁，再一次被赦，从龙标返乡，路过亳州，被亳州刺史闾丘晓“所忌而杀”（《唐才子传》）。

相传，闾丘晓十分嫉妒王昌龄的诗才。

别董大

千里黄云白日曛，
北风吹雁雪纷纷。
莫愁前路无知己，
天下谁人不识君？

这是高适的《别董大二首·其一》。

高适（约700—765），字达夫、仲武，渤海郡（今河北景县）人，后迁居宋州宋城（今河南商丘睢阳）。曾任刑部侍郎、散骑常侍，封渤海县侯，谥号“忠”，追赠礼部尚书。

高适是唐朝唯一被封侯的诗人。

“千里黄云白日曛，北风吹雁雪纷纷。”黄云千里，太阳无光；风高雪猛，孤雁惊惶。

这是写情景。北方，隆冬季节，黄昏时分。千里大地上，云、日、风、雁、雪，组成雄浑、悲凉的画面。云、日有色，风、雁有声。这也是写心情。友人分别，即使风和日丽也内心凄苦不舍，何况日暮天寒、前路未卜？

“莫愁前路无知己，天下谁人不识君？”不愁前路孤单无亲；琴声不绝，天下识君。

这是写劝慰。

送别有李白灞桥柳色的凄清：“年年柳色，灞陵伤别。”（《忆秦娥·箫笙咽》）

有王维渭城风雨的缠绵：“渭城朝雨浥轻尘，客舍青青柳色新。”（《送元二使安西》）

有王勃城阙风烟的雄阔：“海内存知己，天涯若比邻。”（《送杜少府之任蜀州》）

高适的《别董大》直抒胸臆，把对好友离别的伤感和不舍，转化为既慷慨又体贴的壮别。

744年冬天，大雪纷飞，孤雁哀鸣。

高适在睢阳（今河南省商丘县南），遇到春天离开长安的董庭兰。

董庭兰（约695—765）是著名琴师，也是吏部尚书房琯（697—763）的门客。房琯被贬，他受到牵连，被迫离开长安，外界对他的品德也有不少非议。

高适深信董庭兰的为人，写诗劝慰他。《别董大》

一共两首，其二：“六翮飘飖私自怜，一离京洛十余年。丈夫贫贱应未足，今日相逢无酒钱。”从中可以看出，高适的情况也很不好，连买酒的钱都掏不出来。因此，高适既是在安慰董庭兰，也是自我安慰。

高适大半生庸庸碌碌。32 岁前，除了 24 岁到过长安外，基本上在宋中（今河南商丘）种地。749 年，他 50 岁，才被举荐任封丘尉（相当于县公安局长）。后来受哥舒翰赏识，做了掌书记。

755 年，安史之乱爆发，高适 56 岁。仅仅十年时间，官至节度使、刑部侍郎、散骑常侍。

高适的升迁，是临危受命、出生入死获得的。

纵马驰骋、誓死卫国的将军，在戎马生涯，一定天生豪迈。他们的诗歌，不仅抒情言志，也是鼓舞士气的号角。很难想象，他们会在杀声震天中顾影自怜、无病呻吟。

因此，高适的诗歌，笔力势大力沉，气势奔放恢弘，基调悲壮雄浑。“多胸臆语，兼有气骨。”（殷璠《河岳英灵集》）

送别诗如此，边塞诗更是如此：

“摐金伐鼓下榆关，旌旆逶迤碣石间。校尉羽书飞瀚海，单于猎火照狼山。”（《燕歌行》）

“幽州多骑射，结发重横行。一朝事将军，出入有声名。纷纷猎秋草，相向角弓鸣。”（《蓟门行五首·其四》）

雪净胡天牧马还，月明羌笛戍楼间。
借问梅花何处落，风吹一夜满关山。

这是高适的《塞上听吹笛》。

边塞雪融，战士牧马还。长天月明，哨楼羌笛远。试问《梅花曲》，知向何处？仿佛一夜风，梅落关山。

高适将军也有细腻，铁汉柔情。

白雪歌送武判官归京

北风卷地白草折，胡天八月即飞雪。
忽如一夜春风来，千树万树梨花开。
散入珠帘湿罗幕，狐裘不暖锦衾薄。
将军角弓不得控，都护铁衣冷难着。
瀚海阑干百丈冰，愁云惨淡万里凝。
中军置酒饮归客，胡琴琵琶与羌笛。
纷纷暮雪下辕门，风掣红旗冻不翻。
轮台东门送君去，去时雪满天山路。
山回路转不见君，雪上空留马行处。

这是岑参的《白雪歌送武判官归京》。

《白雪歌送武判官归京》，十八句，分三个部分：

第一部分，八句。描写清晨看到的奇景、感受到的奇寒。

第二部分，四句。描绘白天雪景的壮阔、饯别宴会的热闹。

第三部分，六句。写傍晚时分送别友人踏上归途、对友人的依依不舍。

北风席卷，白草折断；塞北八月，纷飞大雪。
一夜之间，如沐春风；千树万树，若梨花开。
雪花入帘，沾湿帐幕；胡裘锦衾，身心不暖。
将军角弓，冰冻难控；都护铠甲，寒冷难穿。
无边沙漠，百丈坚冰；忧愁阴云，凝结长空。
帐中摆酒，为君送行；琵琶笛琴，为君助兴。
辕门黄昏，大雪正紧；旌旗冻硬，不能翻卷。
轮台东门，送君回京；前程茫茫，白雪满山。
路随山转，不见君影；雪地留痕，萧萧马鸣。

《白雪歌送武判官归京》有相当强的叙事成分，记叙的是在大雪纷飞的塞北，戍边将士送武判官回京城的事。

岑参的诗歌，擅长捕捉现实细节，善于进行新颖、大胆、瑰丽的想象。“忽如一夜春风来，千树万树梨花开”，是天下皆知的名句。

岑参（约715—770），荆州江陵（今湖北江陵）人，一说南阳棘阳（今河南新野）人。祖上三代宰相，到他这一代，家境贫寒。他年少时聪颖好学，知书达理。20岁到长安，行卷没有结果，遂四处游历。

744年，岑参中进士，任右内率府兵曹参军（相当于太子警卫部门的参谋）。

岑参“功名只向马上取，真是英雄一丈夫”（《送李副使赴碛西官军》），两次从军，前后在边塞生活了6年。

749年，岑参35岁，在安西副都护、四镇都知兵马使高仙芝（？—756）幕府任掌书记；754年，他40岁，在安西北庭都护封常清（？—756）幕府任判官。

——756年1月24日，唐玄宗听信一面之词，斩了与叛军交战中退守潼关、保存实力的高仙芝和封常清。二位将军同一天含冤而死。

安西都护府是唐朝在西域的最高行政、军事机构，机关最初设在交河城，后移至龟兹（今新疆库车）。

岑参用一首《碛中作》，记载了从长安到安西的路途遥远、行路艰难：“走马西来欲到天，辞家见月两回圆。今夜未知何处宿，平沙万里绝人烟。”我骑快马，奔向天边，月亮两次变圆。夜晚来临，荒漠无边，我在哪里安眠。

“碛”，沙漠。

岑参70多首边塞诗，绝大部分是这一时期写的。

君不见走马川，雪海边，平沙莽莽黄入天。轮台九月风夜吼，一川碎石大如斗，随风满地石乱走……（《走马川行奉送出师西征》）

故园东望路漫漫，双袖龙钟泪不干。马上相逢无纸笔，凭君传语报平安。（《逢入京使》）

安史之乱爆发后，岑参做过右补阙，在中书省负责谏言。又任起居舍人，负责每天记录皇帝的生活，后被贬为虢州（今河南灵宝市）长史、嘉州（今四川乐山）刺史，等等。最后因为对前途灰心弃官。

770 年，岑参在成都的一家客栈病逝。

高适和岑参、王之涣、王昌龄并称“边塞四诗人”，高适和岑参又合称“高岑”。

高适和岑参的诗歌，豪迈慷慨、手法多样。但是，高适常常体恤将士疾苦、暴露现实，以常语感人；岑参常常讴歌胜利，描绘奇景，以奇语动人。

其实，岑参是军中文官。

终南望余雪

终南阴岭秀，
积雪浮云端。
林表明霁色，
城中增暮寒。

这是祖咏的《终南望余雪》。

祖咏（699—746），洛阳（今河南洛阳）人。他和唐朝很多伟大的诗人一样，少年时期就表现出了卓越的才华。

724年，祖咏去长安参加进士考试，拿到的考题是《终南望余雪》。看上去，这个题目出得很随意，因为考生一抬头，就能看见长安城外雪后的终南山。但是，仔细推敲，这个题目又出得很有讲究。一个“望”字，有无限的想象空间。余雪，不是下雪，而是雪后，此时能见度高，却又可望而不可即。

冰雪消融，也是最寒冷的时候。

“终南阴岭秀，积雪浮云端。”长安望终南，山北景色秀；远看岭上雪，好像浮云端。

“林表明霁色，城中增暮寒。”雪后斜阳照，树梢微光染；城中暮色起，又添阵阵寒。

前三句写景，最后一句写感受。前三句写的是美景，照理说应该跟出舒心、畅快的感受。但是，赋诗作文最忌常理，出人意料又恰到好处，才是诗人的追求。因此，祖咏跟出的感受是悲苦之情。这个感觉出人意料，又在意料之中。傍晚时分，虽然夕照树梢，但是暮色四起，积雪消融，寒气逼人，“望”者不禁寒颤。

望见了美好的景色，为什么会觉得“城中增暮寒”？那是因为，抬头望一眼毕竟容易，但是望之后呢？首先，今夜漫长，多少寒士挨冻。其次，每届科考，金榜题名者很少，更多的是名落孙山。能望到终南山余雪，却难望到前途，触景生情，望者心生寒意，读者也不寒而栗。

一切都在情理之中。

这是一首应试诗。《全唐诗》在诗题下有注：“有司试此题，咏赋四句即纳，或诘之，曰‘意尽’。”

据《唐诗纪事》记载，祖咏这次长安应考，考题是《终南望余雪》，要求写一首十二句的五言长律。祖咏只写四句，就交卷了。主考官说他的诗不符合要求，字数不够。他回答说“意尽”。意思说，我四句已经表达完整，多一句都是画蛇添足。

考官开明，“违规”录取了祖咏。这是祖咏的幸运。

祖咏是山水诗人。他的诗，文字简练、眼光独到、感觉新颖。

送别到中流，秋船倚渡头。相看尚不远，未可即回舟。（《别怨》）

才入维扬郡，乡关此路遥。林藏初过雨，风退欲归潮。江火明沙岸，云帆碍浦桥。客衣今日薄，寒气近来饶。（《泊扬子津》）

这些诗，清新明白，画面感强，情感自然。

祖咏还有一首《望蓟门》，描写沙场塞色，写得波澜壮阔。其中“万里寒光生积雪，三边曙色动危旌”，写万里积雪闪着冷冽的寒光、边塞曙光映照高扬的旌旗，动人心魄。

祖咏中进士之后，长期没有被安排工作。后来干谒宰相张说，做过六品驾部员外郎。没过多久，张说被罢官，他受到牵连，被贬，再也没有得到重用。他干脆学陶渊明，归隐汝水（今河南省中部），以砍柴、捕鱼为生，直到终老。

祖咏和王维年龄相当、脾气相投，诗风也相似，是好朋友。王维写了一首《赠祖三咏》给他："结交二十载，不得一日展。"他们深交二十年了，祖咏没有一天是开心的。从中可以看出祖咏的窘境。

"城中增暮寒"，祖咏似乎在 724 年，就预见到了自己的结局。

山居秋暝

空山新雨后，天气晚来秋。
明月松间照，清泉石上流。
竹喧归浣女，莲动下渔舟。
随意春芳歇，王孙自可留。

这是王维的《山居秋暝》。

第一句写背景。空山沐浴新雨，夜凉已是初秋。地点在“空山”，时间在雨后，季节在初秋。

第二句写景。明月松间高照，清泉石上轻流。有高有低、有静有动、有色有声。

第三句写人。竹喧浣女归来，莲动划来渔舟。竹喧莲动，岸上水面、人走船移。

第四句写感慨。芳菲自由开谢，王孙可以久留。“王孙”是用典故。“王孙兮归来，山中兮不可久留！”（《楚辞·招隐士》）王维唱反调，说“自可留”。

“空山”起头，有第一联的时，有第二联的景，有第三联的人，有第四联的情，哪里是“空”？

王维对“空山”情有独钟，写过“空山不见人，但闻人语响”（《鹿柴》）。不是“空山”，只不过“不见人”罢了。

“空”，是视野的空阔，是心情的空旷，是境界的空灵，才会“自可留”。

《山居秋暝》选取的物象高洁，比如山、雨、晚、秋、月、松、泉、石、竹、浣女、莲、渔舟；

选取动词传神，比如照、流、喧、归、动、下；

选取的形容词脱俗，比如空、新、明、清……

全诗清新如口语，画面如影视，律动如音乐，精巧入手、大气布局，确实费尽心机，却是浑然天成。

所以，苏轼评价王维的诗“诗中有画”“画中有诗”（《书摩诘蓝田烟雨图》）。

“空山”是终南山。

王维（701？—761），字摩诘，号摩诘居士。河东蒲州（今山西永济西）人，祖籍太原祁县（今山西祁县）。

王维年幼聪颖，15岁时去京城应试，不仅能写好诗，还工于书画，音乐上也极具天赋，轰动京城。17岁写的“独在异乡为异客，每逢佳节倍思亲。遥知兄弟登高处，遍插茱萸少一人”（《九月九日忆山东兄弟》）语言朴素，却直抵人心。

721年，王维状元及第，任太乐丞，掌管朝廷礼乐。王维到底是年轻，私下去看只能给皇上演出的舞黄狮子，被贬为济州司仓参军。

735年，王维被张九龄提拔为右拾遗。736年，吐蕃发兵攻打唐属国小勃律（今克什米尔北）。737年，河西节度使崔希逸（？—738）在青涤西大破吐蕃军。唐玄宗命王维以监察御史的身份奉使凉州，出塞宣慰，察访军情，并任河西节度使判官。

期间，王维写了《使至塞上》：

单车欲问边，属国过居延。
征蓬出汉塞，归雁入胡天。
大漠孤烟直，长河落日圆。
萧关逢候骑，都护在燕然。

王维的《陇头吟》也写于这一时期。他看到的是“陇头明月迥临关”，听到的是“陇上行人夜吹笛”。很明显，诗人是有选择地看和听。

后来，王维又任吏部郎中、给事中。

王维的仕途有过小波折，但是总体上很顺，李白、杜甫远远不如他。他年少时候，有心做一番大事，却深受佛教影响，心有一半在山水田园，向往“斜阳照墟落，穷巷牛羊归。野老念牧童，倚杖候荆扉”（《渭川田家》）。

737年，张九龄下台，李林甫上台。王维看不到前途，在长安东南蓝田县辋川营造的别墅和终南山上，开始半官半隐。他写给朋友裴迪的诗，记载了这一段生活：“寒山转苍翠，秋水日潺湲。倚杖柴门外，临风听暮蝉。渡头余落日，墟里上孤烟。复值接舆醉，狂歌五柳前。”（《辋川闲居赠裴秀才迪》）

唐玄宗对王维的“佛系”听之任之。我以为，王维诗名太盛，唐玄宗即使内心不佩服，也会欢迎、接纳他，因为他没有野心与反骨，只有诗歌中的山清水秀、风调雨顺。

唐玄宗也没有指望王维能够治国理政。

竹里馆

独坐幽篁里，
弹琴复长啸。
深林人不知，
明月来相照。

这是王维的《竹里馆》。

独坐竹林深处，弹琴又高歌。琴声、歌声使“幽篁”不“幽”。

没人知道我在，只明月照我。明月来照使“独坐”不独。

比起年轻时候的“人闲桂花落，夜静春山空。月出惊山鸟，时鸣春涧中”（《鸟鸣涧》），《竹里馆》更显得淡然、自然、超然。

王维这个时候是尚书右丞，官至四品，相当于现在的副部级秘书长。他应该在工作岗位上，但是，他在辋川别墅。他只做三个动作：独坐、弹琴、长啸。他面对的景物，也只有三个：幽篁、深林、明月。

简单的动作，简单的场景，呈现的却是高洁、恬静、淡雅、旷远的境界，又衬托出脱俗的眼光、幽雅的志趣、平和的心境。

这就是王维。

有王维，才有王维的诗。

王维已经走不出辋川别墅，走不出终南山。

755 年，安史之乱爆发，安禄山攻陷长安。王维来不及逃跑，和杜甫做了俘虏。

因为诗名很大，王维被叛军带到洛阳。他不敢死，也不肯苟活，先是故意吃坏肚子，又装作说不出话，还趁机逃跑，都没有得逞。安禄山强迫他继续任给事中（协助皇帝工作）。

757 年九月，长安收复。任伪职的官员，不是当斩，就是流放。

命系一线的王维，呈给唐肃宗一首诗："万户伤心生野烟，百官何日再朝天？秋槐叶落空宫里，凝碧池头奏管弦。"

这首诗，是王维被俘虏的时候写的，抒发亡国之痛和思念朝廷之情，触动了唐肃宗。王维的弟弟、刑部侍郎王缙力保王维，打动了唐肃宗。王维“劝君更尽一杯酒，西出阳关无故人”（《送元二使安西》）、“涧户寂无人，纷纷开且落”（《辛夷坞》）、“君自故乡来，应知故乡事”（《杂诗三首·其二》），天籁般的诗句，感动了唐肃宗。

唐肃宗选择原谅王维，把他降职为太子中允。

与李白长流贵州夜郎相比，王维已经很幸运了。

王维后来又任中书舍人，最后任尚书右丞。所以，王维又称“王右丞”。

王维官职越高，隐居的时间却越长。

王维的命保住了，但是在安禄山的伪政权里当过官，是擦不掉的污点、治不好的心痛。他彻底失去了为官的兴趣和追求，成天吃斋念佛。年轻时候“忽过新丰市，还归细柳营。回看射雕处，千里暮云平”（《观猎》）的豪气，一去不返，而心心念念的山水田园，一次次扑面而来，如心心相印的朋友履约。

中岁颇好道，晚家南山陲。兴来每独往，胜事空自知。行到水穷处，坐看云起时。偶然值林叟，谈笑无还期。（《终南别业》）

761年，王维去世。去世之前，他和亲友一一赠诗诀别。

王维还写了一首《江上赠李龟年》。

伟大的宫廷乐师李龟年（生卒年不详），流落在湖南。

770年的“落花时节”，李龟年被杜甫遇到了。杜甫格外兴奋，写了《江南逢李龟年》。李龟年却兴奋不起来，唱着王维的《伊州歌》，思念762年就去世了的唐玄宗，相传他四天后就抑郁而死。

所幸的是，李龟年收到了好友王维的馈赠。10年前，他把王维的《送元二使安西》，谱成了《阳关三叠》，也叫《渭城曲》。10年后，他把《江上赠李龟年》，谱成了《相思曲》：

红豆生南国，春来发几枝。愿君多采撷，此物最相思。

过故人庄

故人具鸡黍，邀我至田家。
绿树村边合，青山郭外斜。
开轩面场圃，把酒话桑麻。
待到重阳日，还来就菊花。

这是孟浩然的《过故人庄》。

孟浩然（689—740），名浩，字浩然，号孟山人，襄州襄阳（今湖北襄阳）人。

“故人具鸡黍，邀我至田家。”这是写事由。“我”不是第一次去田家，否则对方就不是“故人”，“故人”也不会请“我”随便吃一顿“鸡黍”，也就是农家菜。

“绿树村边合，青山郭外斜。”这是写景物。田家环境优美。绿树、青山，由近而远、由低而高。“合”与“斜”，使绿树、青山化静为动，生机勃勃。

“开轩面场圃，把酒话桑麻。”这是写事情。“开”与“面”、“把”与“话”，动词准确、传神，既有情节，又有细节。

“待到重阳日，还来就菊花。”这是写愿景。“待到”与“还来”，既依依不舍、相约再见，又表明“我”不会离开此地，去追求功名。“就菊花”，既是重阳日标志性活动，也是贴近自然的表现。

这首诗写于 734 年。这一年，孟浩然 46 岁，长安第二次应试失败。

孟浩然第一次到长安应试，是在 728 年。这一年他 40 岁，志在必得，结果榜上无名，却结识了年轻的王维，结下忘年之交。两人因为诗风相近，后来被称为“王孟”。

考场失意，纵情山水是最好的解药。孟浩然离开长安，一路游历，随性来到江南。虽然心情还是有一点郁闷，但是眼界一下子就开阔了：“移舟泊烟渚，日暮客愁新。野旷天低树，江清月近人。”（《宿建德江》）

729 年，孟浩然在江夏（今湖北武汉）和三年前一见如故的李白重逢。第二年三月，孟浩然去扬州，李白依依不舍，追到江边送别，直到“孤帆远影碧空尽，唯见长江天际流”（李白《送孟浩然之广陵》）。

孟浩然在田园山水之间很快活，但是不在求仕的道路上再挣扎一下，还是不甘心。

733 年，孟浩然写《望洞庭湖赠张丞相》，干谒张九龄，没有效果。第二年，他再次赴长安，再次应试，再次榜上无名。

46 岁了啊！孟浩然决定回老家，隐居于襄阳附近的鹿门山。

鹿门山是一座名山。东汉名士、隐士庞德公曾经在这里隐居，采药而终。

这是孟浩然第三次进鹿门山。

第一次 20 岁左右，第二次 23 岁。不过，前两次不是真正的隐居，是游历，或者是游玩："清晓因兴来，乘流越江岘。沙禽近初识，浦树遥莫辨。"（《登鹿门山怀古》）

第三次是真正沉浸山水、痴迷田园。即使 737 年，张九龄在荆州招他为幕僚，他也是短期入职，很快就回到襄阳。

738 年，孟浩然背上生了毒疮。

740 年，王昌龄被贬路过襄阳。孟浩然非常高兴，设宴款待，竟忘记忌口，吃了不能吃的鱼鲜，当夜发病而死。

孟浩然想做官，诗名满天下，又干谒张说、张九龄两代宰相，张说、张九龄也积极提携后人，为什么一生没有踏上仕途？

有一种说法，孟浩然写“不才明主弃，多病故人疏”（《岁暮归南山》），让唐玄宗很生气。我以为不可能。孟浩然写这首诗的时间是40岁之后。他40岁之前，并没有得罪唐玄宗。何况，唐玄宗恐怕不会因为一句诗，冷落一个人才。

我以为，一个重要的原因是，孟浩然一生最美好的时光，花费在所谓的隐居、实际是游山玩水上。等想起来应试，以为把握十足，但是在英雄辈出的唐代，已经没有年龄的优势。小他12岁的王维，31岁就状元及第。

孟浩然没有做成官，也好。

既然已经把大半辈子交给山水田园，获得了大快乐，那么，剩下的岁月，最好还是留给山水田园。

峨眉山月歌

峨眉山月半轮秋，
影入平羌江水流。
夜发清溪向三峡，
思君不见下渝州。

这是李白的《峨眉山月歌》。

李白（701—762），字太白，号青莲居士，又号“谪仙人”，幼年随父生活于蜀郡绵州（今四川江油）。

725年，一个秋天的半夜。25岁的李白，微醺的脚步经过长长的跳板，稳稳地走上甲板。

船顺流而下。

高耸的峨眉山前，悬挂着一弯秋月。奔流的平羌江（今青衣江）上，倒映着清朗的月影。

夜间乘船离开清溪，船直奔三峡。想你恐再难相见，我已向渝州。

李白喜欢蜀地。“十五游神仙，仙游未曾歇。吹笙坐松风，泛瑟窥海月……”（《感兴八首·其五》）青城山道观云雾，让他飘飘欲仙。但是，他必须出川，“欲逐黄鹤飞，相呼向蓬阙”。

753年，李白在《上安州裴长史书》中说，“五岁诵六甲，十岁观百家”，因为“大丈夫必有四方之志。乃仗剑去国，辞亲远游”。他做好了出川的准备，实现“奋其智能，愿为辅弼，使寰区大定，海县清一”（《代寿山答孟少府移文书》）的理想。

李白不肯回头，目光盯着出发的地方。出荆门山（湖北宜都西北长江段南岸），再次用诗作别：“渡远荆门外，来从楚国游。山随平野尽，江入大荒流。月下飞天镜，云生结海楼。仍怜故乡水，万里送行舟。”（《渡荆门送别》）然后，他坚定地转身，背对故乡，面朝要去的地方。

船行至当涂（今属安徽马鞍山），经过天门山。长江如斧，劈开天门。青山对峙，碧水东流。日出东方，孤帆一片。

当故乡成为背景，李白眼前就豁然开朗：“天门中

断楚江开，碧水东流至此回。两岸青山相对出，孤帆一片日边来。”（《望天门山》）

…………

756年，李白在金陵登高望远：“汉江回万里，派作九龙盘。横溃豁中国，崔嵬飞迅湍……今日任公子，沧浪罢钓竿。”（《金陵望汉江》）

任公子是《庄子·外物篇》中一个传说人物。他用很大的钓钩，钓起一条巨大的鱼，供许多人一起享用。现在，任公子“罢竿”不钓了。

李白觉得自己就是任公子。

这一年，李白56岁。

第二年，李白被永王李璘重用，成为幕僚。结果，他上错了船。李璘叛乱战死，李白长流夜郎。

759年春天，朝廷因旱灾大赦天下。虚弱多病、心如死灰的李白，接到大赦的消息，顿时神清气爽、心如晴空：

朝辞白帝彩云间，千里江陵一日还。两岸猿声啼不住，轻舟已过万重山。（《早发白帝城》）

李白仿佛回到青年。微醺的脚步，踉踉跄跄经过长长的跳板，在甲板上跌跌撞撞。

那条晚上从清溪出发，过三峡、下渝州的轻舟，在灿烂的霞光里，朝辞白帝、暮至江陵。

时隔 24 年，李白再一次出川。

李白的孤帆，穿越天门山，到当涂就上岸了。他意识到了风烛残年、来日不多，便投靠了族叔李阳冰。

761 年，李白还挣扎了一下，想从军。但是，因为饮酒过度导致脓胸穿孔，不得不折回当涂。

762 年冬天，李白病死。因家贫，暂葬龙山东麓。45 年后，墓迁到当涂东南青山西麓。这是李白的理想之地。

离青山 20 公里的采石矶上，还有一座李白衣冠冢。李白晚年常来江边的矶头上，赏月吟诗。有一天，他跳江捉月，沉于江中。尸体葬于青山，衣冠葬于采石矶。

这是一个传说。

行路难·其一

金樽清酒斗十千，玉盘珍羞直万钱。
停杯投箸不能食，拔剑四顾心茫然。
欲渡黄河冰塞川，将登太行雪满山。
闲来垂钓碧溪上，忽复乘舟梦日边。
行路难，行路难，多歧路，今安在？
长风破浪会有时，直挂云帆济沧海。

这是李白的《行路难·其一》。

金杯美酒，一斗十千；玉盘菜肴，一餐万钱。
停杯搁筷，难以下咽；拔剑四顾，心中茫然。
想渡黄河，坚冰封川；想登太行，暴雪封山。
期待，像姜尚垂钓，得遇文王；期待，像伊尹做梦，船过日边。
人生之路，行必艰难；岔路繁多，我行不乱。
乘风破浪，相信未来；横绝沧海，高扬征帆！

744 年三月，长安门东外三十里，灞水清清，灞柳依依。李白唱《行路难》，揖别长安。

这是李白第二次离开长安。

730 年，李白第一次进入长安。他遇到了贺知章。

贺知章比他年长 42 岁，位居秘书监（相当于今天的国家图书馆馆长），名闻遐迩。李白一首《蜀道难》和《乌栖曲》，让贺知章惊呼“谪仙人”。

李白在长安很忙，拜见名流权贵，拜访唐玄宗的妹妹玉真公主，又为了引人注意，到终南山隐居。但是，他一事无成，只得离开长安，云游四方。

742 年秋天，贫困潦倒的李白，在东鲁（今山东）接到唐玄宗诏征。玉真公主和贺知章举荐了他。机会来了，他喝酒、舞剑，然后高歌：“仰天大笑出门去，我辈岂是蓬蒿人。”（《南陵别儿童入京》）

李白在长安，得到唐玄宗的赏识，供奉翰林，为皇上写诗文娱乐。但是，这份工作和李白的理想之间的区别形同云泥。他仗剑去国、辞亲远游，干谒隐居，为的是能够辅佐皇帝治国理政，而不是陪侍皇帝吟弄风月。

李白突然失去了刚开始的劲头，牢骚满腹，狂放不羁，并且沉醉酒乡。“李白斗酒诗百篇，长安市上酒家眠。天子呼来不上船，自称臣是酒中仙。”（杜甫《饮中八仙歌》）他还经常跑出宫廷，观察世态民情，敏锐地发现盛世繁华中的岌岌可危，写了《丁都护歌》《古风·其二十四》等诗歌。

这样一来，皇上不满，同僚嫉妒，小人忌恨。李白在长安待不下去了。他给唐玄宗写了一封信，请求归山。

唐玄宗正巴不得，立刻赐金放还。

李白 25 岁出川，信心满满。42 岁入朝，喜出望外。不到三年，声名狼藉，仓皇出局。

李白一路向东，不仅写挥洒纵横、激荡起伏的《行路难》，期待“长风破浪会有时，直挂云帆济沧海”的未来，写了《梦游天姥吟留别》，怀揣“且放白鹿青崖间，须行即骑访名山”的浪漫，还写了豪迈壮阔、沉郁回旋的《将进酒》，坚信“天生我材必有用，千金散尽还复来”。

李白再也没有回到长安。他在长达 18 年的游历、隐居、逃亡、“叛乱”长流中，贫困交加，体弱多病，狼狈不堪。但是，艰难时世，理想之光不灭。即使病入膏肓，仍想上前线杀敌。

762 年，李白知道来日不多，把诗稿交给族叔李阳冰，并作绝命诗“大鹏飞兮振八裔，中天摧兮力不济”（《临终歌》）。

李白出川前，曾经作“大鹏一日同风起，扶摇直上九万里”（《上李邕》），出川时又作“激三千以崛起，向九万而迅征”（《大鹏赋》）。他期盼自己能像《庄子》里的大鹏，激荡三千里波涛，腾空而起，向着九万里高空疾飞。但是，现在，翅膀再也驮不动生命的黄昏，悄然陨落。

李白，享年 62 岁。

望岳·其一

岱宗夫如何？齐鲁青未了。
造化钟神秀，阴阳割昏晓。
荡胸生曾云，决眦入归鸟。
会当凌绝顶，一览众山小。

这是杜甫的《望岳·其一》，也是他现存最早的一首诗歌。

杜甫（712—770），字子美，自号少陵野老。祖籍襄阳（今属湖北），巩县（今河南巩义）人。

杜甫少年聪颖，“七龄思即壮，开口咏凤凰”（《壮游》），7岁就诗情勃发，歌咏的都是品德高尚的人。十四五岁的时候，他就在文坛亮相，“以我似班扬”（《壮游》），被比为汉代的班固、扬雄。

736年，杜甫在洛阳第一次参加进士考试，没考上。

杜甫不急。他才25岁。

“吾祖诗冠古，同年蒙主恩”（《赠蜀僧闾丘师兄》）、“诗是吾家事，人传世上情”（《宗武生日》），杜家既有蒙受皇恩的传统，也有风华绝代的基因。于是，杜甫“放荡齐赵间，裘马颇清狂”（《壮游》），访遍齐（今山东）和赵（今山西和河北大部）。一首《望岳》，万丈豪情。

终究有一天，杜甫会像登临泰山之巅一样，俯瞰万山，独领风骚。

杜甫相信自己。

747年正月，唐玄宗昭告天下，只要精通一艺者，就可以到长安应试。

杜甫既有读万卷书的功底，又有行万里路的见识，还有和李白等绝顶高手的切磋，信心满满。

担任主考的是宰相李林甫。他排除异己，让参加考试的士子全部落选。他还引用《尚书·大禹谟》中的“野无遗贤”，上奏祝贺唐玄宗：皇恩浩荡、人尽其才，民间已经没有闲置不用的贤人。

唐玄宗竟然相信了。

杜甫“举进士不中第，困长安”（《新唐书·杜甫传》），靠朝廷救济的低价米养家糊口，抓紧结交、干谒权贵。实在过不下去了，他把妻儿送到奉先县（今陕西省渭南市蒲城县），孤身一人在长安努力。

750年冬天，杜甫知道唐玄宗会在第二年正月，举行祭祀太清宫、太庙和天地的三大盛典，提前写好《朝献太清宫赋》《朝享太庙赋》《有事于南郊赋》，干谒唐玄宗。

唐玄宗很欣赏这“三大礼赋”，让杜甫在集贤院等分配。

李林甫掌管集贤院。他如果用了杜甫，万一杜甫很有才能，等于说“野无遗贤”是欺君。他怎么可能用杜甫？他把杜甫压下了。

752年，李林甫去世，杜甫渐渐有了机会。

755年，杜甫被任命为郃阳县（今陕西合阳县）“河西尉”。这个官职，九品之下。他不好意思去上任，“不作河西尉，凄凉为折腰”（《官定后戏赠》）。朝廷改任右卫率府兵曹参军，在保卫太子的卫队里看管兵器。他不好再拒绝。他44岁了，走投无路，终于有了工作！他赶紧回奉先县，安顿家人。“入门闻号啕，幼子饥已卒”（《自京赴奉先县咏怀五百字》），刚进家门听到哭声，小儿子饿死了。

没有过几天，安史之乱爆发。

第二年六月，长安失守，唐玄宗西逃。七月，太子李亨在灵武（今宁夏灵武西南）登基，为唐肃宗。杜甫立即投奔。半路上，他和王维一起被叛军俘虏，押回长安。

王维诗名大、官职高，被押往洛阳，安禄山要重用他。

杜甫诗名和官职都小，连坐牢的机会都没有。没有人看管他，他在长安城里乱窜。

昔日繁华的长安，满眼的残垣断壁。

国破山河在，城春草木深。
感时花溅泪，恨别鸟惊心。
烽火连三月，家书抵万金。
白头搔更短，浑欲不胜簪。（《春望》）

这是 757 年的春天。

从《望岳》到《春望》，中间隔了 20 多年。

青涩的杜甫，已经人到中年。

月夜忆舍弟

戍鼓断人行，边秋一雁声。
露从今夜白，月是故乡明。
有弟皆分散，无家问死生。
寄书长不达，况乃未休兵。

这是杜甫的《月夜忆舍弟》。

757年四月，杜甫趁叛军不备，逃出长安，在凤翔（今陕西宝鸡）见到唐肃宗。唐肃宗被他的忠勇感动，任命他为左拾遗。左拾遗是从八品的小官，但是位置很重要。

很快，杜甫因为直言进谏，冒犯唐肃宗。唐肃宗从此疏远杜甫，并把他贬出长安。

杜甫的仕途开始得有点晚，而且，刚一开始，就结束了。

暮投石壕村，有吏夜捉人。老翁逾墙走，老妇出门看。

吏呼一何怒！妇啼一何苦！

听妇前致词：三男邺城戍，一男附书至，二男新战死。存者且偷生，死者长已矣！室中更无人，惟有乳下孙。有孙母未去，出入无完裙。老妪力虽衰，请从吏夜归，急应河阳役，犹得备晨炊。

夜久语声绝，如闻泣幽咽。天明登前途，独与老翁别。

这是《石壕吏》。

杜甫奔走在安史之乱最严重的地区，仿佛是新闻记者，把所见所闻，写成《新安吏》《石壕吏》《潼关吏》《新婚别》《无家别》《垂老别》……

朴实的史诗，描写的是山河破碎、民不聊生，大唐由盛而衰。

759 年，杜甫带全家逃到秦州（今甘肃天水）。故乡不能回，兄弟无音讯。白露侵衣，月明寒心。他作《月夜忆舍弟》，三个月后逃往成都。

杜甫在成都尹（相当于成都市长）严武将军的帮助下，在城西浣花溪畔建成了一座草堂，世称“杜甫草堂”。他还被严武举荐，短期做过相当于工程监理的检校工部员外郎，拿一份工资养家糊口。他在成都以及周边地区生活了将近5年，写了470多首诗歌，占他现存诗歌的三分之一。

好雨知时节，当春乃发生。（《春夜喜雨》）

两个黄鹂鸣翠柳，一行白鹭上青天。（《绝句》）

白日放歌须纵酒，青春作伴好还乡。（《闻官军收河南河北》）

出师未捷身先死，长使英雄泪满襟。（《蜀相》）

安得广厦千万间，大庇天下寒士俱欢颜，风雨不动安如山。（《茅屋为秋风所破歌》）

765年四月，严武将军去世。杜甫一家八口离开成都，在一条船上，开始最后一段旅程。

767年九月，杜甫到夔州（今重庆奉节）。登高远望，昏花的老眼，没有“一览众山小”，只看到“无边落木萧萧下，不尽长江滚滚来”。（《登高》）

768年年底，杜甫到岳阳，写《登岳阳楼》：

昔闻洞庭水，今上岳阳楼。
吴楚东南坼，乾坤日夜浮。
亲朋无一字，老病有孤舟。

戎马关山北，凭轩涕泗流。

770年暮春，杜甫喜逢音乐家李龟年，写“正是江南好风景，落花时节又逢君”（《江南逢李龟年》）。

这年冬天。

狂风呼啸，大雪纷飞，寒江起伏，破船颠簸。

杜甫一家缩在船舱，饥寒交迫。他风痹病发作，疼痛难忍。他知道自己熬不过冬天，撑起身子，写《风疾舟中伏枕书怀三十六韵奉呈湖南亲友》，叙述自己的病情，回顾一生的颠簸，向亲友交待后事，并和唐朝告别：

轩辕休制律，虞舜罢弹琴。
尚错雄鸣管，犹伤半死心。
圣贤名古邈，羁旅病年侵……

杜甫，享年59岁。

凉州词·其一

葡萄美酒夜光杯，
欲饮琵琶马上催。
醉卧沙场君莫笑，
古来征战几人回。

这是王翰的《凉州词·其一》。

王翰（生卒年不详），字子羽，并州晋阳（今山西太原）人。710年中进士。

那是一个秋天的晚上，胡笳奏边声，篝火燃起，酒杯盛满。将士齐聚，盔甲在身。他们举起夜光杯，痛饮葡萄酒。琵琶助酒兴，刚饮，又催马出征。将军翻身上马，接过酒杯，一饮而尽：我醉卧沙场，望诸君莫笑。自古百战死，归来有几人？随即，一队轻骑兵，消失夜色中。

王翰有没有到过凉州（今甘肃省河西、陇右一带），找不到记载。但是，“葡萄酒”“夜光杯”“琵琶”这些物件，都来自西域。他在《凉州词·其二》写道，“夜听胡笳折杨柳，教人意气忆长安”。“胡笳”是西域流行的乐器。

由此推断，王翰到过边塞。这不奇怪，唐朝很多青年喜欢到边疆游历，仗剑行千里是壮志豪情。他即使没有到过边塞，也会听说过、看到过这些具有西域特色的物件。

因为，边塞、西域生活影响到了唐朝的方方面面。

即使没有到过边塞，也不影响王翰写《凉州词》《饮马长城窟》。

李白确实没有到过边塞，不也写出了“明月出天山，苍茫云海间。长风几万里，吹度玉门关”（《关山月》）？

王翰有一个很漂亮的开局。

王翰中进士之后，并没有马上获取职位，而是赋闲在并州家中。

并州长史（地方最高长官）张嘉贞“奇其才，礼接甚厚。翰感之，撰乐词以叙情，于席上自唱自舞，神气豪迈”（《旧唐书·王翰传》）。张嘉贞赏识他的才华，请他为座上宾。他为表感激，写诗填词，自唱自舞，不卑不亢。

张嘉贞升任宰相，张说接位并州长史，“礼翰益至”（《旧唐书·王翰传》）。

再后来，张说也入朝为相，引荐王翰任秘书省正字，又提拔为驾部员外郎。

张说是宰相诗人，身边围聚着一批文人学士，有张九龄、贺知章，还有王翰。

张说罢相之后，王翰被外派为汝州（今河南汝州）长史，后来被贬为仙州（今河南叶县）别驾（相当于长史助理），再贬为道州司马（相当于秘书或顾问）。

王翰在去道州上任的路上，病死。

王翰的结局不能说不糟糕。

王翰的被贬，不是自己做错事，也不是受别人牵连，而是自己的性格造成的。

“少豪荡，恃才不羁。喜纵酒，枥多名马，家蓄妓乐。翰发言立意，自比王侯。”（《唐才子传》）王翰年少才大，无拘无束。他喜欢豪饮，家里名马满圈、歌妓众多。他指点江山，傲视王侯将相。

王翰还喜欢结交朋友。“李邕求识面，王翰愿卜邻”（杜甫《奉赠韦左丞丈二十二韵》），李邕寻求机会要和我见面，王翰愿意与我结为近邻。

这样的诗人气质，欣赏的人会宽容、接纳，不欣赏的人会厌烦、排斥。确实，如果娱乐，王翰的这些特长都是才情；如果为官，王翰的这些行为都是陋习。

因而被贬，也就不奇怪。

当然，王翰并不在乎被贬。他可以不当官，但是，不可以改变真性情，因为他不可以不写诗。

王翰不祸国殃民，不伤天害理，不阿谀奉承，因此，一直是伟大的诗人形象。只是，他生性豁达，把自己的诗丢得差不多，后人只找到 14 首。

有一首《凉州词·其一》，王翰足够了。

次北固山下

客路青山外，行舟绿水前。
潮平两岸阔，风正一帆悬。
海日生残夜，江春入旧年。
乡书何处达？归雁洛阳边。

这是王湾的《次北固山下》。

王湾（生卒年不详），洛阳（今河南洛阳）人。

712 年，王湾进士及第。这一年，他还很年轻，年轻的心情就像年轻的唐朝，生机勃勃。

王湾是北方人，从小在黄河边长大。他见到的春天，要比南方晚一些；他见到的冬天，要比南方早一些。当然，他这个时候还没有见过南方。

713 年正月一过，王湾去了南方。

王湾乘船，顺着长江东下，由楚入吴。

船行一夜，王湾一直站在船头。江风很冷，江水闪着寒光。如果在北方，白天会笼着手、缩着头，晚上不会出门。这一夜，他在一条行船上，昂着头，让脸迎着风，迎着船头激起的水花。

水声潺潺，两岸如黛，头顶星空高远。

天蒙蒙亮了。

南岸有一座山。看不清容貌，却能感觉到葱茏。那应该是北固山。峻峭藏在葱茏之下，像一个巨大的诱惑，含蓄而庄严。

船慢慢靠岸，系在北固山下。

王湾上岸，沿着早晨的山路攀登。山不在高，但是形势险固。一路鸟鸣，一路遗迹。三国不在，甘露寺在；梁武帝不在，“天下第一江山”在。

北方的黄河还在冰封，南方的大江日夜奔流。雪山消融，一日千里而下；大海潮汹，势不可挡上涌。春水、春潮交汇，把江面撑开，大水快要与江堤平了，展开宽阔的态势。大江之上，船帆点点，鸥鸟翻飞。

突然，东方水天一色的地方，太阳“腾”地跳出江面。它在黑暗中憋得太久，脸涨得通红。万道光芒，推开云雾，红霞满天，江面金光点点。

严酷的冬天还在占领，春天的温润已经悄悄浸入每一个角落。可以预见，剩下的，不再是寒冷，而是清醒；不再是拒绝，而是恭迎；不再是灰暗，而是缤纷。深藏心底的春天的记忆，一点一点缓过神，荡漾开去，与酣畅的春风对接、呼应。

系在北固山下的船，在江水中起伏，好像要挣脱而去，不想辜负了这大江。

王湾下山、上船，没有一丝困意。他的旅途在这一江碧水上，北固山只是一个落脚点。

“嘎——嘎——”天空中响起大雁的叫声。去年秋天南下的大雁，这时候正在北归的路上。

王湾不由得想起洛阳，想起黄河。他还不想回去。大唐很大，目光所至，都是大唐。很多像他这样的年轻人，都在用脚丈量大唐的山河，把背影留给故乡。有的要访遍名山高人，有的追求施展抱负，有的去镇守边疆……

大雁，我应该写一封信，托付给你，请你捎给故乡的亲人。

文学上的盛唐，指的是开元元年到天宝十四年（713—755），而史学上的盛唐，一般指从 650 年唐高宗时代开始，到 755 年安史之乱爆发前结束。

王湾的生命历程大约与史学盛唐无缝重叠。他既没有穿过由隋入唐的刀剑，也没有经过初唐百废待兴的艰难，更没有看见安史之乱的灾难。

此时的唐朝，江山壮丽，政局稳定，经济繁荣，文化昌盛，国力强大。

王湾写《次北固山下》，是在713年。

这一年，正是唐玄宗开元元年，也是“开元盛世”的开始。

时代入诗。

《次北固山下》正大、开阔、高朗、伟岸、俊逸，像一个出身高贵、志向远大的青年。

这是盛唐诗歌的基调。

“海日生残夜，江春入旧年”一联，被视为盛唐气象的标志。宰相张说亲自书写，悬挂于政事堂上，每天欣赏，并作为士子的典范。

黄鹤楼

昔人已乘黄鹤去，此地空余黄鹤楼。
黄鹤一去不复返，白云千载空悠悠。
晴川历历汉阳树，芳草萋萋鹦鹉洲。
日暮乡关何处是？烟波江上使人愁。

这是崔颢的《黄鹤楼》。

崔颢（？—754），汴州（今河南开封）人。

崔颢的这首《黄鹤楼》非常有名。传说，李白也来到黄鹤楼，看壮丽的景色，怀思古之幽情，诗兴大发，但是看到崔颢《黄鹤楼》，立刻搁笔："眼前好景道不得，崔颢题诗在上头。"（元辛文房《唐才子传》）

传说未必是真，李白喜欢黄鹤楼却是真的。他的"故人西辞黄鹤楼，烟花三月下扬州"（《黄鹤楼送孟浩然之广陵》），同样是写黄鹤楼的名篇，不输崔颢。当然，崔颢的这首诗给李白带来的震撼，应该也是真的。后来，他到了金陵（今江苏南京），憋足了劲写："凤凰台上凤凰游，凤去台空江自流。吴宫花草埋幽径，晋代衣冠成古丘。三山半落青天外，二水中分白鹭洲。总为浮云能蔽日，长安不见使人愁。"（李白《登金陵凤凰台》）多少能看到崔颢的影子。

诗人的成就，使得黄鹤楼声名遐迩，如同王勃的滕王阁、王之涣的鹳雀楼。

《黄鹤楼》很有名，关于崔颢的生平记载却很少，就连他的出生年代都没有准确的说法。《黄鹤楼》具体写于哪一年，也不清楚。

从很少的资料上知道，崔颢 20 岁左右中进士。唐朝科举考试很难。唐朝 289 年国祚中，真正通过科举考试金榜题名的进士，不足 7 000 人。可见他年少聪颖，也预示着前程远大。但是，他既没有得到朝廷重用，也没有被贬，只做过太仆寺丞、司勋员外郎等小官。

为什么？

崔颢"有俊才，无士行"（《旧唐书·文苑传》），诗很好，德行很差，有文无行。

崔颢年轻时候写诗，多写妇女相思，诗风轻浮。不仅如此，他生活放荡、行为荒唐，“娶妻唯择美者，俄又弃之，凡四五娶”（《新唐书·卷二百三·列传第一百二十八·文艺下》）。看见漂亮的姑娘就要娶回家，过不久，又把前一个离弃，再娶更漂亮的。始乱终弃好几回。

即使诗风勉强可以接受，人品也让人避之不及。崔颢中进士之后，朝廷不好用他，也没有人肯推荐他。

崔颢去了哪里？

从崔颢的诗中，多少能找到一点踪迹。

“杀人辽水上，走马渔阳归。”（《古游侠呈军中诸将》）崔颢到了“辽水”“渔阳”，在今天的河北省境内。

“四月青草合，辽阳春水生。”（《辽西作》）崔颢到了“辽阳”，今天的东北。

“家临九江水，来去九江侧。同是长干人，生小不相识。”（《长干曲四首·其二》）崔颢到了九江。

崔颢也到了武昌，写了《黄鹤楼》。

崔颢远离长安20年，四处漂泊。或许是被朝廷放到外地做官？或者是做了谁的幕僚？

20年后，崔颢回到长安。

归来，已经不是少年。恶习改了没有，天知道，但是，粗砺的生活，让他的诗风变了。确实，与“十五嫁王昌，盈盈入画堂。自矜年正少，复倚婿为郎”（《王家少妇》）的香软相比，《古游侠呈军中诸将》《辽西作》等诗作，明显硬朗粗犷。

754年，崔颢想归隐故乡汴州，又经不住功名的诱惑，还想再搏一搏，结果客死长安。

《唐诗三百首》把《黄鹤楼》列为七律第一首。

《旧唐书·文苑传》把崔颢和王昌龄、高适、孟浩然并提。

回头看，崔颢的经历之所以简单，是因为宜粗不宜细。大段的空白，其实是历史对他的厚待。

黄鹤楼在，《黄鹤楼》在。哪天黄鹤楼不在了，《黄鹤楼》也在。

崔颢也在。

题破山寺后禅院

清晨入古寺，初日照高林。
曲径通幽处，禅房花木深。
山光悦鸟性，潭影空人心。
万籁此俱寂，但余钟磬声。

这是常建的《题破山寺后禅院》。

常建（约 708—约 765）。人们一直以为他是长安人。2006 年 8 月，河北省邢台市临城县出土了一块墓志铭，是常建的后人树立的，记载常建的祖籍是邢州（今河北邢台）。

727 年，常建和王昌龄一起进考场，一起高中。这一年，常建 19 岁，王昌龄 29 岁。常建后来任盱眙尉，仕途再无进步，干脆浪迹山水田园，又到鄂渚（今湖北武昌）隐居。

常建的生平，没有多少记载。即使有了 2006 年出土的那块墓志铭，我们也不清楚他准确的生卒时间，不清楚他具体的人生轨迹。历史对他的忽略，与崔颢不同。

崔颢不便记载，常建没有什么可以记载。

对一个诗人来说，有无记载都无所谓，关键是要有作品。

让常建永生的诗，《题破山寺后禅院》是其中著名的一首。

事情很简单。

初夏的一个晴朗的早晨，诗人常建走进了江南的一座山中古寺。

但是，这其中有关键词。

初夏。应绿的都绿了，应开的都开了。不是太热，又是在早晨，又是在山里，又是在古寺中。

早晨。红日东升，阳光初照，叶绿如洗，花艳欲滴，寺远客稀。

江南。葱茏连绵，空气湿润。

山中。幽深宁静，鸟语虫鸣。

古寺。清净庄严，钟磬泠然。

常建天亮前就出门，上山访破山寺（今江苏常熟虞山兴福寺）。他应该是常来破山寺的，熟门熟路，来到竹径尽头、花木深处的禅房。在江南古寺的晨钟里，人站定，诗已成。

《题破山寺后禅院》，可以简单，也可以不简单，全在心情、参悟和道行。

常建的诗，自此炼字越来越简洁，笔调越来越古朴，意境越来越悠远。

有一天，常建写《江上琴兴》：

江上调玉琴，一弦清一心。
泠泠七弦遍，万木澄幽阴。
能使江月白，又令江水深。
始知梧桐枝，可以徽黄金。

事情也很简单，江上调琴。但是，调一次弦，就清一次心。七根弦调试完毕，树木静穆，江月孤寂，江水深沉。轻抚古琴，梧桐的材质好啊，贵比黄金。

琴好，弦好，调试技艺好，制琴的材质好，还是调琴的人好，甚至是树木、江月、江水也好？

为什么不是都好呢？

天地有琴心。

常建独行于盛唐，只和王昌龄有来往。他归隐鄂渚，路过王昌龄入仕前隐居的石门山（今安徽含山县），住了一宿。这里清溪孤云、松高月弯、草庐静卧、芍药无言，不禁感叹：“余亦谢时去，西山鸾鹤群。”（《宿王昌龄隐居》）意思是，我也将要远离纷繁的俗世，到西山与鸾凤白鹤相伴。

这个时候，王昌龄入仕，常建退隐，常建怎么“亦”和王昌龄一样呢？其实，常建在这里表达的是两层含义。一层，他要像王昌龄以前那样隐居；另一层，希望王昌龄不改归隐的初衷。

人各有志。

唐人殷璠，在《河岳英灵集》中，将常建列在第一位，第二位是李白，王维在第三位。

后来，宋代欧阳修，也想得“曲径通幽处，禅房花木深”，百求而不得。

后来，宋代米芾书写《题破山寺后禅院》，勒石破山寺。

《唐诗三百首》中，常建有《题破山寺后禅院》《宿王昌龄隐居》两首入选。

滁州西涧

独怜幽草涧边生，
上有黄鹂深树鸣。
春潮带雨晚来急，
野渡无人舟自横。

这是韦应物的《滁州西涧》。

781年，早春的傍晚，韦应物独自走到郊外，来到西涧。作为滁州的最高长官，他在处理完事务之后，喜欢来到这里，焚香静坐。

两座小山相对，野草如茵、杂花生树，中间一条溪流穿过。树丛深处，黄鹂婉转。

雨又下了，淅淅沥沥。上游的水冲下来，像春潮上涨，水面宽了，水流急了。

艄公不在，也没有过客。拴在树桩上的渡船跟着激流漂荡，几次三番要顺流而下，又挣脱不开。

这一年，韦应物 45 岁，任滁州刺史。

韦应物（约 737—约 791），京兆杜陵（今陕西省西安市）人。

韦应物祖上显赫，高祖韦挺、曾祖韦待价、祖父韦令仪、父亲韦銮都做过高官，韦待价还做过宰相。

韦应物有一首《逢杨开府》，相当于自传：

少事武皇帝，无赖恃恩私。身作里中横，家藏亡命儿。朝持樗蒲局，暮窃东邻姬。司隶不敢捕，立在白玉墀……

唐朝有“门荫”制度，高官的后代可以直接入宫廷。韦应物十四五岁时，就成了唐玄宗的侍卫。但是，他不思进取。横行街巷，窝藏罪犯。白天赌博，晚上鬼混。府兵拿他没有办法，因为他是皇帝身边的人。

安史之乱爆发，唐玄宗仓皇出长安，十八九岁的韦应物流落在陕西一带。他目睹了大乱带来的大灾难，突然开窍，决定痛改前非。“一字都不识，饮酒肆顽痴”

（《逢杨开府》）的他，发奋读书、吟诗。

很快，韦应物因为书读得不少、诗写得不错，被朝廷召回。他毕竟是半路努力，“非才果不容，出守抚惸嫠”（《逢杨开府》），没有功底，才能不够，朝廷没有合适他的位置，遂外派他去做安抚孤儿寡母的地方官。

韦应物做地方官将近三十年，先后任洛阳丞、京兆府功曹、鄠县令、栎阳令、滁州刺史、江州刺史、苏州刺史。他既看到了唐朝每况日下的现实，也感受到了官场的日益黑暗腐败。

改变社会，无能为力；改变自己，尽力而为。韦应物除了勤勉为官，开始喜欢幽静、独处，清心寡欲。“独无外物牵，遂此幽居情。”（《幽居》）

韦应物是山水田园诗人，后人以“王（王维）孟（孟浩然）韦（韦应物）柳（柳宗元）”并称。但是，他与那些或者寄情、或者纵情、或者隐居、或者落魄的山水田园诗人不一样，他长期在其间生活、工作，景更真，情更丰，思更深。

韦应物写过一首《观田家》。惊蛰过后，农家起早摸黑忙碌，但是“仓禀无宿储，徭役犹未已”，赋税徭役繁重，使得农家虽然苦，却少隔夜粮。结尾说：“方惭不耕者，禄食出闾里。”惭愧啊，我不下田劳作，却能领到粮食和俸禄。既有对不劳而获者的谴责，也有对自己四体不勤的自责。

“势从千里奔，直入江中断。岚横秋塞雄，地束惊流满。”（《西塞山》）韦应物也写过这样气势磅礴的诗，是压抑得太久之后的喷发？

韦应物苏州刺史届满，应该回长安等待分配新的工作。但是，他一贫如洗，没有返回京城的路费，只得寄居苏州无定寺。

可能死于 791 年。

艄公不在，没有过客。但是，那条渡船在。

韦应物是艄公，还是过客？或者都不是，是那条想挣脱又挣脱不来的渡船？

游子吟

慈母手中线，游子身上衣。
临行密密缝，意恐迟迟归。
谁言寸草心，报得三春晖。

这是孟郊的《游子吟》。

孟郊（751—814），字东野，湖州武康（今浙江德清）人。

802年，春寒料峭。孟郊52岁，到溧阳担任县尉。他安顿下来，打开简单的行李，看到一件叠得整整齐齐的新衣服。

孟郊的父亲曾经做过昆山县尉，家境贫寒。他不想走仕途，青年时期离家出走，到嵩山修行。30岁到40岁之间，他又从中原南下，漂泊江南，行踪不定。

母亲不允许孟郊就这样混下去。

791年，孟郊41岁。他听母亲的话，八月在湖州通过乡试，获得进京赶考的机会。

792年，孟郊到长安应试，榜上无名，却结识了一起考试的韩愈（768—824）。

韩愈是第四次应试，终于金榜题名。他比孟郊小17岁，名满天下，孟郊一无所有，但是两人情投意合。韩愈轻易不赞扬别人，却在各个场合倾情推荐孟郊。韩愈说："吾愿身为云，东野变为龙。"（《醉留东野》）他把自己与孟郊的关系，以李白与杜甫相比。孟郊赴溧阳上任，他写《送孟东野序》赠别。

后孟郊诗名鹊起。他的诗被与贾岛的相提并论，并称"郊寒岛瘦"（苏轼《祭柳子玉文》）。

793年，孟郊再次落榜。想到再一次让母亲失望，心情非常糟糕："慈乌不远飞，孝子念先归。而我独何事，四时心有违。"（《远游》）

796年，孟郊46岁，又遵母命应试，竟然中了！他本来无所谓，真的高中，又觉得好像跳出深渊，欣喜若狂：

昔日龌龊不足夸，今朝放荡思无涯。春风得意马蹄疾，一日看尽长安花。（《登科后》）

孟郊策马，在长安疯跑了一圈，马上回洛阳禀告母亲。

800年，孟郊获得一个职位：溧阳尉。这个职位在九品之下，主要职责是抓捕罪犯。

801年，母亲命孟郊去报到，孟郊捧着新衣服，仿佛看到母亲在灯下赶制衣服的情景。

终于有安身之地了。孟郊把母亲接到身边。母亲一辈子含辛茹苦，如今风烛残年。

母亲，我纵有孝心，与您春天般的母爱相比，也只如小草，怎么能报答您深厚的恩情？

县尉这个职位，不是孟郊所希望的。他经常旷工，苦吟诗句。县令没有办法，只好扣下孟郊一半的工资，请临时工帮忙。

后来，宰相郑余庆推荐孟郊到洛阳任水陆运从事，又推荐他去兴元府任参军。

兴元府在南郑县（今陕西汉中附近），孟郊半路上暴病而亡。

郑余庆为其购置了棺木，韩愈撰写了墓志铭。

孟郊一生都苦，只是796年高兴了一次。

孟郊苦。他租车搬家具，却发现家具装不了一车：

“借车载家具，家具少于车。”（《借车》）

孟郊苦。他高举复古旗帜，坚持做重道德的君子，与时俗、肤浅不合作，“耻从新学游，愿将古农齐”。（《立德新居》）

孟郊苦。“夜学晓未休，苦吟神鬼愁。”（《夜感自遣》）这个被称为“诗囚”的人，通宵达旦苦吟，鬼神见了也发愁。

但是，孟郊如果不快乐，如何做得这些？

“谁言寸草心，报得三春晖。”孟郊的诗，最后两句都是哲理和升华。

一个人，如果能有一首诗敬献母亲，这是怎样的快乐？

《游子吟》就是孟郊的升华。

苦寒的孟郊，始终站在快乐的云端。

题都城南庄

去年今日此门中，
人面桃花相映红。
人面不知何处去，
桃花依旧笑春风。

这是崔护的《题都城南庄》。

崔护（？—831），字殷功，博陵（今河北定州）人。796年中进士，829年为京兆尹（相当于京城长安的最高长官），后来做过御史大夫、岭南节度使。

这首诗，时间是“去年今日”，地点还是“此门中”。去年的地方，选择一年之后同一时间重访，一定不同寻常。

去年“此门中”发生了什么事？“人面”与“桃花相映红”。

什么人的脸能艳若桃花？一定是漂亮的姑娘。

那么由此推断两点。一点是“今日”的具体时间，桃花盛开的春天；一点是重返旧地的目的，再睹芳容。

结果呢？“人面”不在，“桃花”依旧。

等了一年，盼了一年，扑了一个空。来者神情恍惚，但是，桃花不识人心，仍然笑在春风里，不谙世事。只是，“人面桃花相映红”，“人面”不在了，“桃花”失去了“相映”，还能“红”吗？

那么，“人面”盼来者吗？今天来，是来者自己的选择，所以来者只要盼一年，而且有盼头。“人面”并不知道来者的计划，所以一天一天等，盼了一天又一天。“人面”终于等不下去了，“不知何处去”。

这里是自然更替，更是世事无常。一个“笑”，是桃花的没心没肺，掩护的是人的撕心裂肺。

这首诗简单明了，却意味隽永。二十八个字，“人面”“桃花”各出现两次，按理说是大忌，但是读起来，既有对“人面”与“桃花”印象的深刻，又能感受到回环、呼应的韵美。

一首诗，写到这种程度已经足够。但是，《题都城南庄》的背后，有一个悲喜交加的故事。

崔护去长安赶考，榜上无名，心情低落。清明节这一天，一人到长安城南踏青。他来到一个桃花盛开的村庄，到一户人家讨水喝。门打开，是一位面若桃花的姑娘。这一面，让两个年轻人心旌摇动，但是，因为初次见面，彼此都不便多话。

一年后，清明节又到了。崔护兴冲冲来到城南的村庄，发现那扇门紧锁着。他怅然若失，随手在门上题了这首诗。

过了几天，崔护又来到这座村庄，来到这户人家。门还是锁着。

这时候，一个老者走来。老者认识崔护，说崔护害死了他的女儿。原来，崔护走后，那个姑娘整天盼着他再来，茶饭不思。老者前几天带姑娘出门散心，姑娘回来看到崔护的题词，以为他再也不可能来了，抑郁而死。

崔护大吃一惊，进门对着死去的姑娘痛哭。姑娘竟然醒过来了。

老者大喜，把女儿嫁给了崔护。

这段故事，出自唐人孟棨的《本事诗》。《本事诗》记录了李白、杜甫、高适、刘禹锡等唐朝诗人的逸事，收录了相关的一些诗歌。因为这本书，很多诗篇、故事才得以流传。

这个故事太离奇，太戏剧化，极有可能是孟棨道听途说、捕风捉影，再经过加工而成。但是，这不影响千百年来大家的相信。

传说，崔护和“人面”白头偕老。崔护一生平坦，仕途顺畅，也得益于“人面”的知书达理。

崔护生平不详。

一个高官，一首名诗，却生平不详。其实不奇怪，惊天动地的爱情一旦走进生活，就是柴米油盐酱醋茶的日常。

飞扬的传说，让平淡的岁月充满生动，也充满了存在无限可能的想象。

枫桥夜泊

月落乌啼霜满天，
江枫渔火对愁眠。
姑苏城外寒山寺，
夜半钟声到客船。

这是张继的《枫桥夜泊》。

张继（约 715—779），字懿孙，襄州（今湖北襄樊）人。

753 年，张继中进士。他运气不大好，没有能够通过选才授官的铨选，等于中了进士，没有找到工作。他有些失望，但并不着急，因为还有机会。在下一次机会来临之前，他可以在长安逗留、交友、喝酒、干谒，也可以返乡、游历、归隐。

但是，安史之乱爆发。

755 年十一月，节度使安禄山“以忧国之危”、奉密诏讨伐杨国忠为借口，在范阳（今河北涿州）起兵，揭开安史之乱的序幕。

安史之乱，不是来自外族入侵，也不是来自民间造反，而是来自安禄山、史思明叛乱。安禄山、史思明是唐朝大将、皇上宠臣，屡立战功，声名显赫。他们竟然发动内战，与朝廷分庭抗礼。

虽然皇上日渐昏庸，官府日渐腐败，社会矛盾日渐复杂，但是，毕竟还在盛世。130 年了，大唐过惯了太平日子，怎么一夜之间天下大乱了？

大唐懵了。

安史之乱爆发后，朝廷在潼关到长安的路上，设立了烽火台。每天傍晚，镇守潼关的哥舒翰点一把火，一站一站向长安报平安。

756 年六月九日傍晚，唐玄宗没有看到平安火，猜到潼关失守。六月十三日凌晨，天下着雨，唐玄宗带着家人和亲信，偷偷逃出长安。

文武百官醒了，像往常一样上朝，发现皇帝没了。

长安大乱，众人各奔东西。

唐玄宗一路仓皇，经过咸阳、金城县、马嵬驿、扶风县、扶风郡、陈仓、散关、河池郡、益昌县、普安郡、巴西郡，直到蜀郡成都。

张继向南，深秋季节，跑到了苏州。天快黑下来的时候，他看到了姑苏城的影子，遥远而灰暗。

张继没有进城，城里举目无亲。他站在船头。江水静流，乌鸦盘旋。岸边一树一树的枫叶，红红的，很容易让从北方来的人想起斑斑血迹。半个唐朝都被“安史”拖进了泥沼，南方相对安定。绿树覆盖着绵延的山峦，掩映着庙宇的黄墙。

夜渐深，风渐大，高空的霜寒与江面的波冷夹击，就连三两盏渔火也被冻得缩了起来。

张继裹紧衣服。

老家怎样？有家难回。亲人怎样？杳无音信。百姓怎样？生灵涂炭。朝廷怎样？君臣分离。国家怎样？山河破碎。

张继盼天亮，今夜注定无眠。但是，天亮了又去哪里呢？

愁啊！这愁山高水长。

弯月落，乌鸦啼，寒气满天；江枫灰，渔火暗，忧愁难眠。

姑苏外，寒山寺，寂寞如夜；夜过半，钟声里，又来客船。

张继在江苏、江西一带流浪。他后来写了“迢递高楼上，萧疏凉野间”（《登丹阳楼》）、“那知横吹笛，江外作边声”（《春夜皇甫冉宅欢宴》）、“古来芳饵下，谁是不吞钩”（《题严陵钓台》）、“沙洲枫岸无来客，草绿花开山鸟鸣”（《郢州西楼吟》），语言晓白，不事雕琢，只是总体成就一般。

山河动荡、风雨飘摇，大家疲于奔命，也没有多少人注意到张继写了《枫桥夜泊》。

因此，《枫桥夜泊》和寒山寺一样，当时并不广为人知。

如果没有《枫桥夜泊》，张继就是一位普通的诗人。

但是，张继怎么会没有《枫桥夜泊》呢?

渔歌子·西塞山前白鹭飞

西塞山前白鹭飞，桃花流水鳜鱼肥。
青箬笠，绿蓑衣，斜风细雨不须归。

这是张志和的《渔歌子·西塞山前白鹭飞》。

张志和（732—774），字子同，原名龟龄，号烟波钓徒，又号玄真子，婺州（今浙江金华）人。

张志和文武双全。

3 岁能读书，6 岁能做文章。

7 岁因过目不忘、过目成诵，得到唐玄宗的赏识。

747 年，唐玄宗为了招揽贤人，让李林甫主持考试，有一技之长的人都可以报考。36 岁的杜甫和 16 岁的张志和同上考场。李林甫以“野无遗贤”为名，未让一人上榜。

但是，张志和因为会道术，被太子李亨看上了。

李亨把张志和留在身边，赐名“志和”，任命为待诏翰林、左金吾录事参军，又候补杭州刺史。

安史之乱爆发，张志和跟随李亨转战灵武，或献计献策，或冲锋陷阵，屡立战功。

757 年，张志和任左金吾录事参军，这个职位是文官，在唐代是王、公、大将军的属员，掌管文书、纠察、从八品。这一年，张志和 26 岁。

758 年，唐肃宗在决策的时候，张志和劝谏，发表不同意见。唐肃宗被惹怒，把他贬到南浦（今重庆万州），任南浦尉。

张志和没有到任，因为父亲去世，得回老家服丧三年。

唐肃宗想着张志和的才干，不仅免罪，还不断赏赐他，送他奴婢渔童、樵青，希望他尽孝结束再回朝廷。

但是，父亲去世后，接着母亲去世，然后夫人去世，张志和万念俱灰。“世事艰难如意少，功名荣耀误人多。浮云富贵非吾愿，且买扁舟理钓蓑。”（《自叙》）荣华富贵都如浮云，都不是我想要的，不如买条小船钓鱼去。

张志和告别亲朋好友，只带渔童、樵青，纵情吴楚山水，最后隐居湖州城西的西塞山，号烟波钓徒。

773 年春天，桃花水涨，到任湖州刺史不久的颜真卿（708—784），邀请张志和小聚。

不是什么人都能邀请到张志和的。

张志和不是谁邀请都赴约的。

但是，颜真卿邀请，张志和一定去。两个人同朝为官，也并肩战斗在平叛前线。

颜真卿填了五首《渔歌子》送给张志和，张志和诗兴大发，也回赠五首《渔歌子》，写在芭蕉叶上，其中就有“西塞山前白鹭飞”。

青山立、绿水流、白鹭飞、粉桃开、棕鱼游……一叶扁舟，划入江南风景长卷。舟上钓者，戴青箬笠、披绿蓑衣，迎着斜风细雨。

张志和只有五首词、七首诗存世。他是唐代最早填词并产生较大影响的词人之一。

《渔歌子》几年后就传到日本，和张继的《枫桥夜泊》一同被扶桑追捧。

762 年，张志和撰写《玄真子》。他 16 岁时起，就对道教有研究，《玄真子》是他修炼心得。两年之后写成，遂自号玄真子。

774年十二月，大雪初晴，天寒地冻。颜真卿邀请张志和到湖州东平望驿莺脰湖聚会。

这顿酒喝得好，从日中喝到日落，从黄昏喝到半夜。

颜真卿歪坐在席间，和衣而眠。张志和起身推门，回家的路上，掉进湖里。

张志和喜欢水，成于水，“岂烟波，终此身”（颜真卿撰写墓志铭语），沉于水，至今没有上岸。

不须归。

罚赴边有怀上韦令公二首

闻说边城苦，而今到始知。
羞将门下曲，唱与陇头儿。

黠虏犹违命，烽烟直北愁。
却教严谴妾，不敢向松州。

这是薛涛的《罚赴边有怀上韦令公二首》。

薛涛（？—832），是唐朝一位极具传奇色彩的女诗人，字洪度，长安（今陕西西安）人。

薛涛幼年跟随到成都做官的父亲入川，不久父亲去世，生活艰难。但是她俊美聪慧，八九岁就能诗，还通音律，后得到韦皋的赏识。

韦皋（745—805），任中书令、剑南西川节度，人称“令公”。他官做得好，诗也写得好，德高望重。

16 岁的薛涛成为官府供养的歌妓，有了工作，还能与元稹、白居易、张籍、王建、刘禹锡、杜牧、张祜等著名诗人交往。

韦皋曾奏请朝廷，任命薛涛为秘书省校书郎，没有得逞。薛涛却从此被称为“女校书”，“女校书”也就成了歌妓的雅称。

789 年，薛涛因与诗人唱和的时候行为过于随便，被韦皋罚去松州（今四川松潘）。

松州是一座边城。她有感而发，写《罚赴边有怀上韦令公二首》。

我被罚到松州边城后，有一些感想要说给令公听。

狡猾的吐蕃人依旧违抗王命，西北不得安宁。您狠心惩罚我，我实在不敢去松州啊。

都说守卫边城的士兵非常艰苦，我到了这里才知晓。我实在不好意思开口，把在宴会上的歌唱给他们听啊。

薛涛写《罚赴边有怀上韦令公》的目的，是委婉地认错。

但是，“羞将门下曲，唱与陇头儿”，也客观、真实地反映了官员奢靡与士兵艰苦、成都安逸与边地凄惶的天壤之别。这首诗成为名作。

薛涛又写了《十离诗》，以犬离主、笔离手、马离厩、鹦鹉离笼、燕离巢、珠离掌、鱼离池、鹰离鞲、竹离亭、镜离台，比她离韦皋。

韦皋收到诗，立即把薛涛召回，并且帮她脱离乐籍，过正常人的生活。

有人认为薛涛没有气节，尤其对她自比“犬”鄙夷不屑。还有人认为，韦皋不尊重歌妓出身的薛涛。

我不以为然。

韦皋对薛涛有救命、知遇之恩。他和薛涛既像父女，又如挚友，还是知音。他如果真想处罚薛涛，薛涛敢给他写诗吗？薛涛自比“犬”，但也自比了“马”“鹰”，自比了“珠”“竹”。

一比而已。

心有灵犀。

薛涛写《春望词》：“花开不同赏，花落不同悲。欲问相思处，花开花落时……”

薛涛写《筹边楼》：“平临云鸟八窗秋，壮压西川四十州……”

薛涛与刘采春、鱼玄机、李冶，并称“唐朝四大女诗人”；与卓文君、花蕊夫人、黄峨，并称“蜀中四大才女”。

薛涛终身未嫁。

832年的一个秋天，薛涛在成都西郊之浣花溪住处去世。

元稹把薛涛比成卓文君：“锦江滑腻峨眉秀，幻出文君与薛涛。”（《寄赠薛涛》）

王建写过一首《寄蜀中薛涛校书》，记载了薛涛安静的晚年、评价了她卓越的才情：“万里桥边女校书，枇杷花里闭门居。扫眉才子知多少，管领春风总不如。”薛涛住在万里桥畔，枇杷花环绕住宅，她闭门深居不出。像她这样有才华的女子，如今已经很少，即使文坛高手，总也有点不如她。

没有人知道薛涛墓在哪里。

很多人知道“薛涛笺”。

酬乐天扬州初逢席上见赠

巴山楚水凄凉地，二十三年弃置身。
怀旧空吟闻笛赋，到乡翻似烂柯人。
沉舟侧畔千帆过，病树前头万木春。
今日听君歌一曲，暂凭杯酒长精神。

这是刘禹锡的《酬乐天扬州初逢席上见赠》。

刘禹锡（772—842），字梦得，洛阳（今河南洛阳）人。

793年，刘禹锡和柳宗元（773—819）一起中进士。

802年，刘禹锡任监察御史，和韩愈、柳宗元同在御史台（全国最高监察机关）任职。

805年，刘禹锡、柳宗元等人参加“永贞革新”，触犯了藩镇、宦官和大官僚们的利益，改革失败。涉及的8位官员，被贬到偏远的小地方任司马，史称“八司马事件”。

这一年，刘禹锡34岁。

刘禹锡被贬过朗州（今湖南常德）司马、连州（今广东连州）刺史、夔州（今重庆奉节）刺史、和州（今安徽和县）刺史。

826年，刘禹锡奉召回到洛阳，后在尚书省任职。

这一年，刘禹锡55岁。

刘禹锡回洛阳，白居易卸任苏州刺史回洛阳，路过扬州。

刘禹锡和白居易同岁，两人是挚友。即使天各一方、颠沛流离，也不忘互相唱和。

白居易称刘禹锡是“诗豪”。

席间，白居易用筷子敲击盘碟，作《醉赠刘二十八使君》：“为我引杯添酒饮，与君把箸击盘歌。诗称国手徒为尔，命压人头不奈何。举眼风光长寂寞，满朝官职独蹉跎。亦知合被才名折，二十三年折太多。”称赞刘禹锡的才华堪比围棋“国手”，为刘禹锡不平，也表示了对统治阶层的不满。

刘二十八即刘禹锡，他在家排行第二十八。

刘禹锡回赠《酬乐天扬州初逢席上见赠》。乐天即白居易，字乐天。

“巴山楚水凄凉地，二十三年弃置身。”巴山楚水，凄凉之地；23 年，岁月蹉跎。因为回洛阳路途遥远，走了将近一年，所以是“二十三年”。

“怀旧空吟闻笛赋，到乡翻似烂柯人。”怀念旧友，悲不可言；久谪归来，恍如一梦。“闻笛赋”与“烂柯人”，都是用典。

“沉舟侧畔千帆过，病树前头万木春。”我是沉船，侧过千帆；我是病树，前开万花。这两句对应、回答白居易的“举眼风光长寂寞，满朝官职独蹉跎”。他的自谦不卑不亢，达观、乐观之情满纸洋溢。

“今日听君歌一曲，暂凭杯酒长精神。”前句酬谢白居易的馈赠，后句是和白居易共勉。

刘禹锡生性豁达。“自古逢秋悲寂寥，我言秋日胜春朝。晴空一鹤排云上，便引诗情到碧霄。”（《秋词二首·其一》）自古悲秋，他却说秋天远胜春天。

只看心情。

这种心情，似乎是刘禹锡 23 年乃至一生的底色。

东边日出西边雨，道是无晴却有晴（《竹枝词二首·其一》）；

遥望洞庭山水翠，白银盘里一青螺（《望洞庭》）；

九曲黄河万里沙，浪淘风簸自天涯。如今直上银河去，同到牵牛织女家（《浪淘沙·其一》）；

请君莫奏前朝曲，听唱新翻杨柳枝（《杨柳枝词·其一》）；

山围故国周遭在，潮打空城寂寞回。淮水东边旧时月，夜深还过女墙来（《石头城》）；

朱雀桥边野草花，乌衣巷口夕阳斜。旧时王谢堂前燕，飞入寻常百姓家（《乌衣巷》）；

……

能看得出吗？写这些诗歌的作者，被贬 23 年——这几乎是一个人一生最好的时光。

看不出来。

有趣的灵魂，总是又高又远。

早春呈水部张十八员外二首

天街小雨润如酥，
草色遥看近却无。
最是一年春好处，
绝胜烟柳满皇都。

这是韩愈的《早春呈水部张十八员外二首·其一》。

韩愈（768—824），字退之，河阳（今河南孟州）人。祖籍昌黎（今河北昌黎），世称韩昌黎。晚年任吏部侍郎，又称韩吏部。谥号“文”，又称韩文公。

823年早春。

微风带着细雨，从东南方向吹来。细雨并不绵绵，一会儿星星点点，一会儿收住，让阳光穿过云层。土地最经不住这样的撩拨，从冬天挣脱出来，就像小草破土而出。

韩愈心情非常好。56 岁的他，竟有了枯木逢春的感觉。

去年的这个时候，韩愈任兵部侍郎。镇州（今河北正定）藩镇叛乱，他临危受命，任宣慰使，奉旨前往安抚。这趟使命凶多吉少，满朝文武为他担心，就连唐穆宗都劝他不行就算了。

韩愈不怕。我为江山社稷，我怕什么呢？而且，他到过前线的。817 年，宰相裴度率队讨伐淮西叛乱，他任行军司马，立下战功，任刑部侍郎。

韩愈进入镇州，成功说服叛军，平定叛乱。

唐穆宗很高兴，任韩愈为吏部侍郎。

好的心情，要和好友分享。韩愈邀请好友、诗人张籍春游。

张籍（约 767—约 830）排行十八，任水部员外郎（相当于国家建设部门的副司长）。他以年纪大了、忙得脱不开身为理由，推辞了。

韩愈不甘心，写《早春呈水部张十八员外》。他要描绘早春的景色，诱惑张籍。

京城街道，四通八达，春雨如酥，柔密滋润。远望草色连绵成片，近看稀疏还在萌生。一年光景此时最好，远胜暮春绿柳满城。

难怪杜甫会写“好雨知时节，当春乃发生”（《春夜喜雨》），王维会写“白云回望合，青霭入看无”（《终南山》）。

韩愈偷得半点闲空，看见了从来没有看到的景色。他感慨万千，于是又写了《早春呈水部张十八员外二首·其二》：

莫道官忙身老大，即无年少逐春心。
凭君先到江头看，柳色如今深未深。

张十八，不要说忙啊、年纪大啊，已经没有了少年心。忙里偷闲到江边散散心，看看柳色是怎么由淡入深。

其实，韩愈人生的早春并不美好。

韩愈3岁丧父，跟着哥哥。哥哥英年早逝，于是跟着嫂嫂。他很懂事，不用人催，发奋读书、认真做人。

786年，韩愈19岁，从安徽宣城到长安。连考四次，792年中进士。连续参加铨选，直到801年才获得通过。802年进国子监，803年任监察御史。

803年，韩愈36岁，刚任监察御史，因为揭露官府隐瞒大旱灾情，上疏《御史台上论天旱人饥状》，遭谗害，被贬。

虽然之后仕途没有起色，韩愈不后悔。

819 年，韩愈 52 岁，刚任刑部侍郎，因为劝谏皇上，上《论佛骨表》。唐宪宗大怒，要对他处以极刑。后来，经裴度等重臣和皇亲国戚反复求情，唐宪宗把他贬到蛮荒之地潮州，任刺史。

韩愈还是不后悔。

路途遥远，前途未卜。韩愈走到蓝田关口，写《左迁至蓝关示侄孙湘》给随行的侄孙："欲为圣明除弊事，肯将衰朽惜残年。"表明替皇上兴利除弊，绝不吝啬余生。

822 年九月，韩愈应召回长安，任吏部侍郎。第二年，升任京兆尹兼御史大夫。

韩愈的人生，仿佛真的进入了繁花似锦的春天。

可惜，韩愈的身体，已经是朽木。

824 年十二月，韩愈因病在家中去世。

享年 57 岁。

江雪

千山鸟飞绝，
万径人踪灭。
孤舟蓑笠翁，
独钓寒江雪。

这是柳宗元的《江雪》。

这场大雪，一连下了好几天。

柳宗元披上蓑衣，戴上斗笠，拿起门后的钓竿和桨，出门。雪深过膝。来到江边，清澈的流水被白雪映衬，闪着幽深的暗光。

码头的轮廓还在，一根绳子拴着一船雪。

柳宗元用桨挖去舱里的雪，坐上船去，用桨点了一下码头，一桨一桨，划向江心。

隆冬季节，江水静卧，不像汛期涌动，桨也没有激起多少波纹。空气紧肃，江寒冷到心里，头脑却格外清醒。

柳宗元（773—819），字子厚，河东（今山西运城）人，世称“柳河东”“河东先生”。柳宗元与韩愈并称为“韩柳”，与刘禹锡并称“刘柳”，与王维、孟浩然、韦应物并称“王孟韦柳”。

柳宗元的父母，祖上世代为官。他从小接受两种教育。一种是母亲的启蒙，学到的是道德文章；一种是跟随宦游的父亲，看到的是社会现实。

793年，21岁的柳宗元进士及第，796年任秘书省校书郎。798年，26岁的柳宗元参加博学宏词科考试中榜，授集贤殿书院正字（官阶从九品上）。801年，柳宗元被任命为蓝田尉（正六品）。

803年，柳宗元被调回长安，任监察御史里行，成为王叔文（753—806）革新派的重要人物。

805年八月，“永贞革新”失败，王叔文被赐死，柳宗元等八位官员被贬边州——他本来被贬邵州（今湖南邵阳）刺史，赴任途中再贬，为永州（今湖南永州）司马。

永州是什么地方？

柳宗元在《捕蛇者说》中写道：“永州之野产异蛇：

黑质而白章，触草木尽死；以啮人，无御之者。”这个地方有一种剧毒的蛇，碰到草木草木死，咬人人死。但是，因为可以做药饵，“永之人争奔走焉”，冒死捕捉，因为捕获可以抵税。

柳宗元在偏僻、荒凉、贫困的永州，呆了10年。

一山一山，皑皑白雪。山之上，鸟飞绝。

一路一路，叠叠白雪。路之上，人踪灭。

柳宗元拿着鱼钩，笑了，竟然忘记带鱼饵。他把空钩甩入江中，忽然想到，如果这时候岸上有人，会看见什么呢?

江面孤舟，蓑衣斗笠。

一老翁一钓竿，一钓一江雪。

这个时候，即使朝廷来人，也找不到道路，即使找到道路，也找不到他。而他，也找不到去朝廷的路，即使找到，也山高路远。

看过“千山”“万径”，只有“孤舟”“独钓”。

“千万孤独”。

我在永州。

815年，柳宗元和韩泰、韩晔、陈谏、刘禹锡接到诏书，回长安。路上走了将近两个月。这两个月让唐宪宗改变了想法。韩泰、韩晔、陈谏、刘禹锡分别又被贬往漳州（今福建漳州）、汀州（今福建汀州）、封州（今广东封川）、连州（今广东连县）。柳宗元被贬往柳州（今广西柳州），他来不及休息，再别长安，前往柳州。

在柳州，柳宗元写《登柳州城楼寄漳汀封连四州》：

城上高楼接大荒，海天愁思正茫茫。
惊风乱飐芙蓉水，密雨斜侵薜荔墙。
岭树重遮千里目，江流曲似九回肠。
共来百越文身地，犹自音书滞一乡。

819 年，唐宪宗大赦天下，召柳宗元回京。柳宗元还没有来得及动身，于十一月初八病死家中。

享年 47 岁。

《柳河东全集》540 篇诗文，317 篇写于永州。

不能正经为官，就正经为文。

赋得古原草送别

离离原上草，一岁一枯荣。
野火烧不尽，春风吹又生。
远芳侵古道，晴翠接荒城。
又送王孙去，萋萋满别情。

这是白居易的《赋得古原草送别》。

白居易（772—846），字乐天，号香山居士，又号醉吟先生，祖籍太原，生于河南新郑。

“赋得”，以现成诗句为题目，题前一般冠以“赋得”二字。这是学习作诗、科举考试命题作诗的一种方式，称为“赋得体”。

原野无边，青草茂盛。一岁一期，一枯一荣。
地火烈焰，不能烧尽。春风和煦，起死回生。

花开无边，掩映古道。碧绿苍翠，连接荒城。
又送游子，依依远行。萋萋芳草，悠悠离情。

787 年，白居易 16 岁，带着《赋得古原草送别》去长安，干谒名士顾况（约 730—约 806）。

顾况读到“野火烧不尽，春风吹又生”，大赞。

白居易从小聪颖，又读书勤奋。800 年，在长安和元稹一起中进士，后一同任校书郎。

806 年，白居易任盩厔（今陕西周至，临近西安）县尉，有机会接触底层百姓。农民艰辛、分配严重不合理，让他的《观刈麦》有着强烈的现实意义。

“田家少闲月，五月人倍忙”，因为“夜来南风起，小麦覆陇黄”。这是一个丰年。

“妇姑荷箪食，童稚携壶浆。相随饷田去，丁壮在南冈。”男女老少都在地里忙碌。

“足蒸暑土气，背灼炎天光”，脚下、头顶，酷热难当，但是“力尽不知热，但惜夏日长”，农家顾不上天热，只希望夏日更长一些，好多打一些粮食。

结果呢？“家田输税尽，拾此充饥肠”，所有的粮食只够纳税，家里只能靠拾麦穗过日子。

“刈麦”者不得食，“观”者却衣食无忧：“今我何功德，曾不事农桑。吏禄三百石，岁晏有余粮”，“念此私自愧，尽日不能忘”，暗自惭愧，念念不忘。

806 年，白居易和友人在马嵬坡附近游玩。唐玄宗李隆基和杨贵妃的史实与传说，让他写下了长诗《长恨歌》。

807 年，白居易回朝廷，授翰林学士，又任左拾遗。他和元稹等人倡导“新乐府运动”，提出“文章合为时而著，歌诗合为事而作”（《与元九书》），文章应该为时事而写，诗歌应该为现实而作。

811 年，母亲去世，回家守孝三年。

814 年，白居易重回长安，经常谏言、写讽喻诗，甚至当面指出唐宪宗的错失。

唐宪宗经常不高兴，被讽喻的官员也仇恨他。

白居易不在乎。他在《伤唐衢二首·其二》中说，“但伤民病痛，不识时忌讳”，只要能真实地反映百姓的痛苦，他没有顾忌和担心；“唯歌生民病，愿得天子知”（《寄唐生》），只希望通过诗，让圣上能够知道百姓的苦痛。皇帝开圣听，政治才清明，天下才太平。

815 年，宰相武元衡和御史中丞裴度遭人暗杀，武元衡当场身死，裴度受重伤。白居易上书，力主缉拿凶手，以肃法纪，被认为是越职行为，当贬。

另一个当贬的理由是，白居易的母亲赏花不慎，落井身亡，有人说他却写《赏花》《新井》诗，有伤孝道。

众人推墙，唐宪宗睁一只眼闭一只眼。

开始准备贬白居易为刺史，但是仇恨、妒忌白居易的人说，白居易这种人不能当地方主官，于是被贬为江州（今江西九江）司马。

816 年秋天，白居易有了长诗《琵琶行》。

“座中泣下谁最多？江州司马青衫湿。”白居易与“同是天涯沦落人，相逢何必曾相识”的琵琶女同病相怜。

大林寺桃花

人间四月芳菲尽，
山寺桃花始盛开。
长恨春归无觅处，
不知转入此中来。

这是白居易的《大林寺桃花》。

817年四月，江州司马白居易来到庐山上的大林寺。

“人间四月芳菲尽，山寺桃花始盛开。”山下初夏百花谢，高山古寺桃花开。惊讶不已。

“长恨春归无觅处，不知转入此中来。”总怨春逝无处觅，蓦然回首春在此。童趣盎然。

但是，白居易的四句，仅仅是为了表达一种惊喜？

“人间”会不会是长安？“山寺”会不会是江州？

818年，白居易转任忠州（今重庆忠县）刺史。820年冬天回长安，转任主客郎中、知制诰。821年，加朝散大夫，官至五品。后转上柱国，又转中书舍人。

822年，白居易上书，对当时河北的军事形势发表看法，没有被采纳，加上不满“牛李党争”，请求到外地任职，不久任杭州刺史。

一道残阳铺水中，半江瑟瑟半江红。
可怜九月初三夜，露似真珠月似弓。

九月初三傍晚，白居易路过一条大江。柔和的夕阳余晖铺在江面上，半江碧绿半江艳红。残阳落尽，露像珍珠，月像弯弓。

这首《暮江吟》，描绘、摄取了两幅画面。一幅夕阳西下、晚霞浸江，一幅新月初升、露珠欲滴。

白居易哪有那么长的时间欣赏美景？

体现出来的，正是离开朝廷后的轻松、畅快。

白居易十月到任杭州刺史。他年轻时候做过县尉，了解民间疾苦，现在终于有机会直接服务百姓。他主持修筑西湖堤防，防涝防旱；他还主持疏浚杭州城内六口水井，引西湖水，供百姓饮用。

春天来临，走在整修后的白沙堤上，白居易看到早

莺争暖树、新燕啄春泥、乱花迷人眼、浅草没马蹄，不仅发出感叹：“最爱湖东行不足，绿杨阴里白沙堤。”（《钱塘湖春行》）

824 年，白居易被召回，任太子左庶子分司东都，825 年任苏州刺史，827 年又被召回长安任秘书监。之后又任河南尹、太子宾客分司、太子少傅分司东都，等等。

白居易晚年居洛阳，是在思念中度过的。

白居易思念老朋友。“绿蚁新醅酒，红泥小火炉。晚来天欲雪，能饮一杯无？”（《问刘十九》）日暮时分，大雪将至，他准备好新酿的米酒、烧旺火炉，邀请刘禹锡共饮叙旧。

白居易思念江南。“江南好，风景旧曾谙。日出江花红胜火，春来江水绿如蓝。能不忆江南？”（《忆江南三首·其一》）如果说，刚被贬江州还有郁闷，但是赴任杭州、苏州，却只有开心。久居北方，老之将至，那红胜火的江花、绿如蓝的江水，那熟悉的江南景色，能不一次次入梦来？

白居易一生，以被贬江州司马为分水岭。之前，济世，企图改变天下，讽喻诗居多；之后，修身，只能改变自己，闲适诗居多。曾经心如波澜，逐渐心如止水。

小娃撑小艇，偷采白莲回。不解藏踪迹，浮萍一道开。（《池上二绝 · 其二》）

能看得出，这首诗的作者写过《长恨歌》《琵琶行》《秦中吟》吗？

839年，得病。

846年，卒，享年75岁。

葬洛阳香山。

唐宣宗李忱闻讯，御笔《吊白居易》：“缀玉联珠六十年，谁教冥路作诗仙。浮云不系名居易，造化无为字乐天。童子解吟长恨曲，胡儿能唱琵琶篇。文章已满行人耳，一度思卿一怆然。”

这是对白居易为诗、为文、为官，最恰当的总结。

悯农二首

春种一粒粟，秋收万颗子。
四海无闲田，农夫犹饿死。

锄禾日当午，汗滴禾下土。
谁知盘中餐，粒粒皆辛苦？

这是李绅的《悯农二首》。

李绅（772—846），字公垂，无锡（今江苏无锡）人。

李绅做过宰相，官至二品，当今知道的人很少；新乐府运动，在文学史上产生过巨大影响，李绅和白居易、元稹一样，是倡导者、参与者，当今知道的人也不多。

但是，李绅的《悯农》，从诞生到现在，无人不知。

《悯农》，写于799年。这一年，李绅28岁。

写诗最怕没有灵感，有灵感最怕没有表达的切口，有表达的切口最怕没有言辞，有言辞最怕不合适。

李绅的《悯农》，没有这些“最怕”。

李绅的父亲做过金坛（今江苏金坛）、乌程（今浙江湖州）、晋陵（今江苏常州）等地的县令，后来全家在无锡定居。

李绅6岁的时候，父亲去世，跟母亲学经书、明事理。他生活在底层，目睹社会不公的现实，熟悉农民艰难的生活。目睹与熟悉、愤慨与怜悯，积压在胸中，时间久了，自然要喷发。

《悯农》其一。

“春种一粒粟”写春种，“秋收万颗子”写秋收，“四海无闲田”写春耕、夏耘、秋收的范围。

从春种到秋收，从“一”到“万”，一个农民要付出多少力气和心血？

这艰辛的一幕，在四海上演，多少农民含辛茹苦？

有劳就有获，有种就有得。照理，农家应该仓廪充实、衣食无忧。结果，“农夫犹饿死”。大起大落，如同云泥。

那么，收获的粮食去了哪里？

《悯农》其二。

“锄禾日当午”写劳动内容和时间，“汗滴禾下土”写劳动场面和辛苦。这两句，也是《悯农》其一中“春种一粒粟，秋收万颗子。四海无闲田”的补充。

接下来应该写什么呢？写庄稼长势？写丰收在望？

“谁知盘中餐”，这是反问。这会是一个什么问题？“粒粒皆辛苦”，这是问话的内容。这个问题看上去很简单，但是怎么回答？

另外，“谁”是谁呢？是百姓，还是王公贵族、达官贵人？

《悯农》每一句都近似口语，但是，每一句都类似警句、格言。

806年，李绅35岁，终于中进士。之后，因为反对叛乱被叛将打入牢房。再之后，因为参加朋党而升迁，也因为陷入朋党之争被贬。

846年，李绅病死在扬州，终年75岁。赠太尉，谥文肃。

传说李绅后来生活奢侈，一顿饭要吃三百个鸡舌头。

传说李绅后来爱耍权威，无情无义。

传说李绅拉帮结派，是“牛（僧孺）李（德裕）党争”李派的重要一员。

吃鸡舌头查无实据，无情无义也是捕风捉影。陷入党争确有其事。“牛李党争”四十年，涉及面非常广，只要在官场，就很难独善其身。

有一件事倒坐实了。845 年，74 岁的李绅因为中风，辞相，改任淮南节度使。李绅负责审理扬州江都县尉吴湘贪污公款、强娶民女案。经查，确有其事，但是事情不大，罪不至死。但是，李绅一意孤行，把吴湘判了极刑。

后来查明，吴湘的叔父吴武陵（约 784—835）得罪过李德裕的父亲，李绅是公报私仇。

到查明的时候，李绅已经死了。

按唐朝律法，酷吏即使死了也要剥夺爵位，子孙不得做官。因此，“削绅三官，子孙不得仕”。

这些，知道的人不多。即使有些人知道，也以为这个“李绅”不是那个“李绅”。

那个李绅，他的《悯农》太有名了。

寻隐者不遇

松下问童子，
言师采药去。
只在此山中，
云深不知处。

这是贾岛的《寻隐者不遇》。

贾岛到山里寻访隐者，有没有遇到?

“松下问童子”，弟子在，隐者不远，可遇；

“言师采药去”，知道隐者去做什么，可遇；

“只在此山中”，知道隐者去了哪里，可遇；

“云深不知处”，知道隐者具体位置，可遇。

但是，似乎随时可遇，又确实未遇。或许终究不遇，却又随时可遇。

而且写了寻者。寻者如果俗，应该是去闹市，哪里会到深山？

而且写了童子。童子如果愚，怎么会回答得如此妙趣、空灵？

而且写了隐者。隐者如果假，怎么会有人寻？弟子怎么会如此伶俐，自己又怎么会在深山采药——深山，人罕至；采药，救生灵。

贾岛（779—843），字浪仙，一作阆仙，范阳（今河北涿州）人。早年出家为僧，号无本。

范阳是安禄山的辖地，也是安史之乱的发起地。贾岛出生时，虽然早已平叛，叛乱造成的混乱后果依旧存在。他从小生活在社会最底层，清贫寒苦，只得入佛门为僧。

811 年前后，贾岛在长安见到张籍、韩愈，得到赏识，决定还俗，走仕途。他一次次考进士，一次次不中。至少到 824 年韩愈去世，他仍然是白衣书生。

到底考上没有？据说是没考上。

837 年，贾岛 59 岁，才任长江县（今四川遂宁附近）主簿（相当于文字秘书）；

840 年，贾岛改任普州（今四川安岳）司仓参军（相当于仓库管理员）。

——这些打工性质的职务，与科举无关。

贾岛科举屡试不中，抛开运气、天资等原因不说，出手慢应该也是一个主要原因。出手慢，不是写不出来，而是写出来了要推敲。他要找到那个最妥帖的字，又必须自然，仿佛天成。

秋风生渭水，落叶满长安。（《忆江上吴处士》）
有时透露凌空去，无事随风入草迷。《（病鹘吟》）》
泪落故山远，病来春草长。（《下第》）
露草泣寒霁，夜泉鸣陇头。（《代边将》）
花发新移树，心知故国春。（《新年》）

关于“推敲”，最著名的诗是《题李凝幽居》：“闲居少邻并，草径入荒园。鸟宿池边树，僧敲月下门。过桥分野色，移石动云根。暂去还来此，幽期不负言。”

据说，贾岛骑在驴上，拿不准是“推”还是“敲”，冲撞了京兆尹韩愈的车队。韩愈问明究竟，然后成其“一字师”：敲！

这只是传说。贾岛与韩愈关系很好，却是真的。

贾岛不擅交往，韩愈是他仅有的几个好朋友之一。韩愈写过《送无本师归范阳》，记录两人的相识，评价贾岛的为人与为诗。韩愈被贬到荒远的潮州，贾岛写《寄韩潮州愈》：“此心曾与木兰舟，直至天南潮水头。”

写尽了思念、同情和祝福。

843年，贾岛病死在仓库。

贾岛一生什么都没有留下，只留下苦吟。他“一日不作诗，心源如废井”（《戏赠友人》），但是，“两句三年得，一吟双泪流”（《题诗后》）。苦吟，再苦也要吟，后人称之为“诗奴”。

《全唐诗》中，晚唐诗人怀念、追和贾岛的诗，有38首，远超怀念、追和李白、杜甫、韩愈的。

说到推敲，谁人不想起贾岛？

说到贾岛，谁人不知道推敲？

凡推敲者，得有可推敲处，还要经得住推敲。

江南春

千里莺啼绿映红，
水村山郭酒旗风。
南朝四百八十寺，
多少楼台烟雨中。

这是杜牧的《江南春》。

杜牧（803—853），字牧之，号樊川居士，京兆万年（今陕西西安）人。

绝句《江南春》，很大。大在地域：江南；大在季节：春天；大在历史：由唐朝到南朝；大在规律：兴亡盛衰。

但是，全篇仅仅28个字。既抓住了江南特有的景色，也找准了末代南朝的特征：佛教盛行，还隐藏了借古讽今的感慨、对晚唐国运的担忧。

辽阔江南，莺歌唱响，绿红相间；村庄傍水，城郭依山，酒旗风卷。寺庙楼台，烟雨静默；钟鼓依旧，南朝不远。

南朝推行佛教，严重削减政府的实力，加重国家的负担，南朝灭亡了。历史的教训就在眼前啊，为什么不引以为戒，仍然走南朝覆灭的老路呢？

833 年春，杜牧由宣州经江宁去扬州，途中写下了这首千古名诗。

杜牧的祖父杜佑做过宰相，是著名的政治家、史学家；父亲杜从郁，做过太子司议郎（太子身边的谏官）。

安史之乱后，唐朝中央势力逐步减弱，强藩拥兵自重，不断发动战争，搅得国无宁日、民不聊生。

杜牧从小受外部形势、家族传统影响，苦读经书、史书，关心军事、政治，研究兵法、治乱。23 岁写《阿房宫赋》，25 岁写《感怀诗》，表达对藩镇问题的见解。他注过《孙子兵法》，还曾为宰相李德裕平虏献计。

828 年，杜牧 26 岁，进士及第。之后，他在长安任职，又外放洛阳、扬州、宣州（今安徽宣城）、黄州（今湖北黄冈）、池州、睦州（今浙江淳安）等地，积累了丰富的京都、地方工作经验，也有机会饱览风俗民情、凭吊古迹遗址。

胜败兵家事不期，包羞忍耻是男儿。江东子弟多才俊，卷土重来未可知。（《题乌江亭》）

烟笼寒水月笼沙，夜泊秦淮近酒家。商女不知亡国恨，隔江犹唱后庭花。（《泊秦淮》）

折戟沉沙铁未销，自将磨洗认前朝。东风不与周郎便，铜雀春深锁二乔。（《赤壁》）

长安回望绣成堆，山顶千门次第开。一骑红尘妃子笑，无人知是荔枝来。（《过华清宫绝句三首·其一》）

这些咏史抒怀之作，是杜牧诗歌中最瑰丽的部分。他把现实与历史、人物与事件、轻快与沧桑，巧妙、有机地结合，揉入深邃、自然的感想，拗峭豪迈，产生出触目惊心的效果。

杜牧的另一部分诗，写景抒情，香艳清新、韵味隽永，是晚唐不可多得的珍品：

红烛秋光冷画屏，轻罗小扇扑流萤。天阶夜色凉如水，坐看牵牛织女星。（《秋夕》）

青山隐隐水遥遥，秋尽江南草未凋。二十四桥明月夜，玉人何处教吹箫？（《寄扬州韩绰判官》）

远上寒山石径斜，白云生处有人家。停车坐爱枫林晚，霜叶红于二月花。（《山行》）

杜牧的这一类诗中，又以其在池州所作的《清明》最为著名：

清明时节雨纷纷，路上行人欲断魂。
借问酒家何处有，牧童遥指杏花村。

泪如雨、魂欲断。前两句沉重、压抑。何以驱寒浇愁，唯有酒。一句“借问”，于沉闷中有了转机。牧童以遥指作答，无声胜有声，使转机有了生机。遥指处，杏花热闹，村庄俨然，该有一面酒旗招展。

用词放肆而节制，调度紧凑而从容。

杜牧一生基本平坦，仕途基本顺畅。这在唐朝诗人中是少见的。唯一不足的是，852 年因病去世。

这一年，杜牧才 50 岁。

是杜牧把所有的都写完了，还是写这么多就足够了？

商山早行

晨起动征铎，客行悲故乡。
鸡声茅店月，人迹板桥霜。
槲叶落山路，枳花明驿墙。
因思杜陵梦，凫雁满回塘。

这是温庭筠的《商山早行》。

温庭筠（约812—866），本名岐，后改名庭筠，字飞卿，太原祁（今山西祁县）人。

859年，温庭筠48岁。因他多次帮人参加进士考试，扰乱考场秩序，由侍御史（七品，相当于检察院工作人员）贬为隋县尉。

襄州（今湖北襄阳）刺史徐商知道温庭筠的才情，邀请他去做事。温庭筠从杜陵（今陕西西安东南）出发，路过商山（今陕西商洛东南）时，写了《商山早行》。

温庭筠听着鸡鸣起身，顶着残月上路，马车铃铎丁丁当当。老家在山西，久居长安，他乡成故乡。故乡远，前路长。更有早行人，脚踏板桥霜。槲叶落满山路，枳花映照店墙。昨夜梦回杜陵老家，野鸭嬉戏村前河塘。

全诗突出“早行”。

旅人苦，温庭筠悲苦。快50岁了，还在为生计奔波。

温岐9岁丧父。父亲生前好友、刑部尚书段文昌，带他到杜陵，与儿子段成式结伴共读。段成式后来成为温岐的亲家。

温岐的这段经历很特殊。段文昌视他如子，他还是免不了有颠沛流离之苦、寄人篱下之痛、命运不公之愤。830年，他跟随段文昌路过汉中，写《梦江南》：“千万恨，恨极在天涯。山月不知心里事，水风空落眼前花，摇曳碧云斜。”

835年，段文昌在西川节度使任上去世，温岐去长安。

839年，温岐28岁，第一次参加进士考试，不中。第二年，他到江淮游玩，被亲戚斥责不务正业。他深受触动，把温岐改为温庭筠。

从此世上只有温庭筠。

温庭筠相貌丑陋，才气冲天。他手在腰间叉几次，即完成一首诗，外号“温八叉”。

“梧桐树，三更雨，不道离情正苦。一叶叶，一声声，空阶滴到明。”（《更漏子·玉炉香》）温庭筠是唐朝大力填词第一人，也是“花间词派”的鼻祖。

很丑的人，很美的诗。

温庭筠有一个考友叫令狐绹，两人私交很好。850年，令狐绹拜相，举荐他为侍御史。

852年，41岁的温庭筠遇到两件事。

一件，杜牧读到温庭筠的诗，非常欣赏。温庭筠听说了，写信给杜牧，希望能够得到举荐。信没有到，杜牧去世了。

一件，唐宣宗喜欢填《菩萨蛮》，令狐绹也想填，让温庭筠代笔。结果，温庭筠把这个秘密说出去了，还讽刺令狐绹。令狐绹从此疏远温庭筠。

温庭筠一直考，同考的都中了，他一直不中。奇怪的是，他帮人家代考，人家都中了，他还是不中。

代考的次数多了，露出马脚，被贬。

否则不会有“鸡声茅店月，人迹板桥霜”。

温庭筠的一生，几乎是送别的一生。仅文学家、诗人，他就送走了：

831 年，元稹；839 年，政治家、文学家、宰相裴度；842 年，刘禹锡；843 年，贾岛；846 年，白居易；853 年，杜牧；858 年，李商隐……

温庭筠因为相貌、出身等原因，自尊心极强，喜欢讽刺挖苦别人，换取心理上的优势。但是，他待人真诚，对这些文坛英雄、前辈，他以诗相送。

送裴度，写《中书令裴公挽歌词二首》；送刘禹锡，写“折花兼踏月，多唱柳郎词”（《秘书刘尚书挽歌词二首》）……

866 年，温庭筠卒。

大唐能写诗的，几乎都走了。没有人写诗送他，只有柳永、李清照、秦观在宋朝等他。

夜雨寄北

君问归期未有期，
巴山夜雨涨秋池。
何当共剪西窗烛，
却话巴山夜雨时。

这是李商隐的《夜雨寄北》。

李商隐（约813—约858），字义山，号玉谿生，又号樊南生。荥阳（今河南荥阳）人，原籍怀州河内（今河南沁阳）。

851年深秋，受西川节度使柳仲郢（？—864）邀请，李商隐进入四川。深夜，他听着连绵的秋雨，辗转反侧。

你问我什么时候回去，我实在定不下来。今天夜里巴山又是大雨，河池涨满，把路都淹没了。什么时候能和你同在西窗，剪烛挑灯花。那个时候回想今晚，一定泪如河流。

《夜雨寄北》的妙处在于，似乎什么都说了，又确实什么都没有说；似乎什么都没有说，又好像什么都说了。

寄给妻子？有道理。妻子去世不久。李商隐想起自己常年在外漂泊，和夫人聚少离多，愧疚不已。

寄给长安的师友？有道理。李商隐长安的师友，有的高官厚禄，有的前途正旺，而他四处奔走、一事无成，悲愤难平。

说寄给未来？恐怕也有道理。李商隐38岁了，年华不再，心急如焚。

《嫦娥》："嫦娥应悔偷灵药，碧海青天夜夜心。"写给谁？

《锦瑟》："锦瑟无端五十弦，一弦一柱思华年。"写给谁？

春蚕到死丝方尽，蜡炬成灰泪始干。（《无题》）

身无彩凤双飞翼，心有灵犀一点通。（《无题》）

写给谁？写的是什么？

说不清。

是李商隐说不清吗？是的。说不清，因此就不说清，很多时候都是“无题”。即使有题，也似是而非。

李商隐很难。

李商隐的文学和家庭，得到过文学家、宰相令狐楚（约 766—837）的指点和资助。他从 828 年就参加进士考试，十年不中。837 年获得进士资格，也与令狐楚暗中帮助有关。他和令狐楚的儿子令狐绹（795—879）是考友，也是好朋友。令狐楚去世，他和令狐绹一起料理后事。

也就在这时候，泾原节度使王茂元聘请李商隐去泾州（今甘肃泾川县北部）做事。他非常有政治抱负，没有机会要争取，有了机会就上，答应了。王茂元很赏识他，让他做了幕僚，还做了女婿。

唐代后期，以牛僧孺为领袖的“牛党”与李德裕为领袖的“李党”之间，你争我斗、你死我活将近 40 年。史称“牛李党争”。

令狐家属于“牛党”，王茂元属于“李党”。令狐楚尸骨未寒，李商隐改投王茂元门下，被视为对恩师和“牛党”的背叛，从此他深陷泥潭。而且，命运仿佛故意作弄他。机会来了，却逢母亲去世，他回家守孝三年；又有了机会，可赏识他的人去世了。

令狐绹得势，李商隐请求帮助，也被一口拒绝。

但是，如果李商隐说不清，又怎么会写出明白如话、震撼人心的《贾生》：“可怜夜半虚前席，不问苍生问鬼神。”

汉文帝在商量、决定国家大事的宣室，召见才华卓越的贾谊，问的不是江山社稷的庄严，而是鬼神之类。

啼笑皆非。

李商隐其实早就心灰意冷：“向晚意不适，驱车登古原。夕阳无限好，只是近黄昏。”

《登乐游原》写于844年，李商隐才32岁，离生命的黄昏还有14年，仕途的黄昏已经开始。但是，心灰意冷的他不肯罢休，因为他实在是说不清明天是什么。

万一呢？

李商隐挣扎到最后一刻，一生没有出现过高潮。

除了娶王茂元之女为妻、夫妻恩爱。

除了诗。

雁门太守行

黑云压城城欲摧，甲光向日金鳞开。
角声满天秋色里，塞上燕脂凝夜紫。
半卷红旗临易水，霜重鼓寒声不起。
报君黄金台上意，提携玉龙为君死！

这是李贺的《雁门太守行》。

李贺（790—816），字长吉，福昌（今河南宜阳西）人。

“黑云压城城欲摧，甲光向日金鳞开。”敌军来袭，黑云翻卷，企图破城；我军列阵，夕照铠甲，闪烁如金。敌我双方，实力悬殊。

“角声满天秋色里，塞上燕脂凝夜紫。”听，秋光里号角震天；看，夜色中血浸塞土。先写听觉，再写视觉。军情紧急，从白天打到晚上，为下一句驰援伏笔。

“半卷红旗临易水，霜重鼓寒声不起。”援军掩旗，半夜疾驰到易水；霜降天寒，凌晨战鼓难擂响。“易水”是交战地点，也有“壮士不还”的决绝。援军一到，不顾行军劳累、条件艰苦，立即投入战斗。

“报君黄金台上意，提携玉龙为君死！”为了报君王知遇天恩，手握宝剑视死如归。回答了同仇敌忾的原因。

《雁门太守行》是乐府旧题，李贺旧题新作。全诗用词有力，每句色彩浓艳，悲壮雄浑。

李贺7岁能诗，十四五岁名闻京城。

807年，李贺18岁，以《雁门太守行》干谒韩愈。韩愈非常喜欢，尤其欣赏“黑云压城城欲摧，甲光向日金鳞开”，鼓励他去考进士。

807年，父亲李晋肃去世，李贺守孝。三年。

810年，李贺参加进士考试。因为父亲叫李晋肃，嫉妒他的人说“晋”与进士的“进”同音，他应该避讳。因此，他不能参加考试。

韩愈写《讳辩》帮李贺辩解，不起作用。

李贺没有通过“资格审查”，愤然离开长安，回老家昌谷。

第二年，李贺再回长安。因为远祖是唐高祖李渊的叔父李亮，父亲李晋肃做过县令，特别是他才华出众，他受“门荫”，做了九品小官奉礼郎。三年。

814 年，韩愈的侄女婿、潞州节度从事张彻（？—821）邀请李贺。李贺做张彻幕府。三年。

816 年，李贺带病回老家，不久病死。

细瘦的李贺，带着小书童，骑一头驴子，想到好诗句，就写下来放进小布袋里，空闲的时候整理。

“我有迷魂招不得，雄鸡一声天下白。少年心事当拏云，谁念幽寒坐呜呃。”（《致酒行》）

我迷失的魂魄，无法招回。雄鸡一叫，天下大亮。少年应有凌云壮志，谁会怜惜你落魄潦倒、唉声叹气？

“大漠沙如雪，燕山月似钩。何当金络脑，快走踏清秋。”（《马诗二十三首·其五》）

大漠万里，白霜落沙白如雪；燕山连绵，明月当空弯如钩。什么时候给马戴上金络头，在秋天的疆场驰骋？

“此马非凡马，房星本是星。向前敲瘦骨，犹自带铜声。”（《马诗二十三首·其四》）

这匹马不普通，好像天上的神马下凡。敲一敲它的瘦骨，能听见铁骨铮铮。

“衰兰送客咸阳道，天若有情天亦老。”（《金铜仙人辞汉歌》）

衰败的兰草，夹着咸阳古道。今非昔比，繁华渐远。苍天如果有情，也会悲伤而老。

李贺写诗很快。

李贺必须快。他没有时间耽误，要创“长吉体”，还要成为“诗鬼”……

人生百年，李贺只有 27 年。

台城

江雨霏霏江草齐，
六朝如梦鸟空啼。
无情最是台城柳，
依旧烟笼十里堤。

这是韦庄的《台城》。

韦庄（约836—910），字端己，长安杜陵（今陕西西安东南）人。苏州刺史韦应物的四世孙。

888年春天，韦庄从扬州游历到南京，游览台城、长干里等地。

台城位于今大行宫周围及其以北南京总统府东西一线。从东晋到南朝结束，这里一直是朝廷台省和皇宫所在地。

中唐时期，台城“万户千门成野草”（刘禹锡《金陵五题·台城》）；到了唐末，这里已经荒废不堪。

韦庄凭吊六朝，触景生情。

江雨霏霏，江草萋萋。六朝如梦，江鸟哀啼。

韦庄不正面写台城，抓住几个特有的景物渲染气氛。

台城杨柳，最是无情。依旧披拂，烟笼长堤。

物是人非。六朝消亡，与台城的柳树是否有情有什么关系呢？韦庄以毫无道理的责怪，指出时代与历史的无情。

“乡园不可问，禾黍正离离。”（《南游富阳江中作》）不要问家乡怎么样，宫殿、宗庙之上，长满了庄稼，内心油然而生《诗经·王风·黍离》的“黍离之悲”。

诗人敏锐，似乎预感唐朝即将覆灭，重演六朝悲剧不可避免。

韦庄祖上显赫，到了他这一代，已经衰落到底。他没有继承到财产，继承的是才华。

只是，唐朝这个时候千疮百孔，到处是叛乱。“诗人”已经失去光环，除了自己不放弃，已经没有多少人留心。

毕竟，那么多光彩夺目的诗人，都远逝了。

878 年，43 岁的韦庄参加进士考试，没有中；880 年，再考，还是没有中。

这时候，黄巢带兵，“冲天香阵透长安，满城尽带黄金甲”（黄巢《不第后赋菊》），长安沦陷。

“……适逢紫盖去蒙尘，已见白旗来匝地。扶羸携幼竞相呼，上屋缘墙不知次。南邻走入北邻藏，东邻走向西邻避……”（《秦妇吟》）皇帝已逃难出城，敌人的白旗遍地都是，人们互相呼唤着东躲西藏。

韦庄写长篇叙事诗《秦妇吟》。全诗 1 666 字，为现存唐诗中最长的一首。他借一位逃难的妇女之口，对唐末黄巢起义这一历史事件进行了描述，反映了战争给人民带来的深重灾难。

然后，韦庄去了洛阳，在江南、江北、中原往返，为生计奔波，居无定所。

893 年，韦庄又考，没有中。

894 年，韦庄中进士，任校书郎，具体工作是典校书籍。

59 岁的韦庄，仕途从九品开始了。

896 年，韦庄受命入川，调解西川节度使王建与东川节度使顾彦晖的矛盾。王建灭了顾彦晖，占据蜀地，留下韦庄。

907 年，唐朝油尽灯枯。韦庄率官吏民众大哭三天，拥戴王建为帝。王建立国，韦庄先任左散骑侍、判中书门下事，再任宰相。

人人尽说江南好，游人只合江南老。春水碧于天，画船听雨眠。

垆边人似月，皓腕凝霜雪。未老莫还乡，还乡须断肠。

《菩萨蛮·人人尽说江南好》，看字面可以理解是对一位江南女子的思念，深入字里，体会到的是对故国深切的怀念。

人人都说江南好，游人应该在江南待到老。春江水清碧如天，画舫听雨好入眠。卖酒女子美如月，撩袖露臂白如雪。未老千万别回乡，回乡必定心欲碎、伤断肠。

韦庄的诗，总是委婉忧伤。不仅因为他和温庭筠同属于“花间派”，还在于他生活在一个无法高兴振奋的年代。

唐朝最后一位诗人，把大唐的门“吱呀”一声带上，在下一个朝代里住了4年。

后记

我从小喜欢读唐诗，当然也喜欢读《诗经》、宋词。我认真读过上海辞书出版社出版的《唐诗鉴赏辞典》《宋词鉴赏辞典》。

我读大学之后，有机会能听到有关唐诗、宋词、《诗经》，当然也包括其他古典文学、传统经典的讲座。我喜欢这些讲座，有机会都要去听。

我还背了不少唐诗、宋词、《诗经》，当然，有的是整首背，有的是背了名句。

有一天，我忽然想，我读了那么多，听了也不少，能不能写点什么呢？

我总该有点想法吧？

我为此请教我尊敬的莫砺锋老师。

我说：对古代经典诗文，我注意了四点。第一点，要弄明白时代背景，也就是国家命运；第二点，要弄明白写作背景，也就是个人命运；第三点，要弄明白典故；第四点，要弄明白关键字词的意思。

我说：掌握这四点，就不会错，要错也错不到哪里去。

“你是对的。”莫砺锋老师对我说。

“还有一点，能弄明白的，一定要弄明白。”莫砺锋老师又说，“实在弄不明白的，也就算了。”

“比如呢？”我问。

“比如李商隐的。”莫砺锋老师说。

莫砺锋老师的认可与指导，给了我胆量和精神。

我首先写了《弦歌》，在江苏人民出版社出版。

莫砺锋老师，还有我尊敬的胡阿祥老师、高峰老师、俞香顺老师，以及我在江苏电视台做《我爱古诗词》嘉宾的同伴张鹏老师、董蓓老师、赵丹军老师、彭敏老师，热情为我推荐。

《弦歌》还获得了月度“中国好书”。

这给我天大的幸福和鼓励。

有一天，江苏凤凰教育出版社文化教育出版中心找我。

我们商量，出版《我的唐诗阅读笔记》，并延伸《我的宋词阅读笔记》，如有可能，再延伸《我的〈诗经〉阅读笔记》。

市场上，唐诗以及其他传统经典的普及读物，多如牛毛，我为什么还写？

市场上的传统经典普及读物，相当多的是“写手”拼凑的。

有一部分来自名家，但是只有极少数是名家亲笔，比如莫砺锋老师、胡阿祥老师、高峰老师、俞香顺老师的作品，他们都是自己写出来的，更多的是名家挂名、“写手”操刀。

拼凑、挂名的读物，缺少对经典的敬畏，文字呆滞；资料来自网上，缺少甄别，以致以讹传讹；只注意字面的意思，缺少深层次的探究。

不少作品，来源于同一本书，但不敢照搬，于是断章取义。

因此，我以为，近二三十年来，经典普及的读物虽然很多，水平却没有超过《唐诗鉴赏辞典》《宋词鉴赏辞典》的。

我不敢说自己水平有多高，至少，每一篇都是自己写的；

我不敢说我拥有多少资料，至少，我会去查我能查到的最原始的资料，并且甄别。

重要的是，我不是在做简单的赏析，而是有自己的阅读体会。

至少，一篇一得。

我不是专家，充其量是“票友”，是一个唐诗的爱好者。我不可能像专家学者那样，开疆拓土，研究得又深又透；我只能在自家院里，种瓜得瓜、种豆得豆。

我写《我的唐诗阅读笔记》，就是把瓜、豆端出来，和大家分享。

我的行为还有一个意义：

我能写，你也能写——我们都是爱好者。